JN319571

二見文庫

人妻の蜜下着

北山悦史

目次

第一章　昼下がりの出来事　6
第二章　カメラの前で　46
第三章　恥液まみれ　81
第四章　夜の訪問者　119
第五章　妹は新婚妻　164
第六章　絡み合う女体　200
第七章　初めての快感　251

人妻の蜜下着

第一章　昼下がりの出来事

1

九月に入っても相変わらず暑い天気が続いている。今日も午前十一時半には三十度を越した。今は三十三度はあるのではないか。

美苗《みなえ》は車をカーポートに入れると、パワーウインドーを上げ、エンジンを止めた。助手席のベビーチェアから、九カ月になる娘の夏枝《なつえ》を抱き下ろす。

スーパーの大袋二個を片手に下げ、夏枝を抱いて家に入った。夏枝をリビングのソファに下ろし、エアコンのスイッチを入れた。急速冷房にした。スーパーの袋からアイスを出して夏枝に与え、買ってきたものを冷蔵庫に入れた。

「ちょっとママ、シャワージャージャーしてくるからね？」

と夏枝に言いおき、美苗は浴室に向かった。

汗で、体中、べとべとしていた。

――スーパーが涼しすぎるくらいだったせいか、直射日光の外に出たとたん、どっと汗が噴き出した。そこで逃げるようにして車に乗り込んだ。ところが中は蒸し風呂だった。ますます汗が噴き出した。

ウインドーを全開にして、エアコンをかけた。すぐ発進させた。吹き込む風で、車内の熱気を出さなければと思ったからだ。スーパーから家まで、裏道を走ると信号ひとつ、五分とかからない。結局、ウインドーを開けたまま帰ってきたのだった。


洗面所に入り、タンクトップを脱いだ。綿のタンクトップだが、背中は汗でぺったりと貼りついていて、脱ぐのに苦労するほどである。ひっくり返しにし、薄皮を剝ぐようにして脱いだ。髪留めが外れ、後頭部でゆるくまとめていたロングヘアがわしゃわしゃになった。

タイトミニのスカートのフックを外し、ファスナーを下ろす。が、パンストのヒップと腿が汗ばんでいて、滑り落ちてくれない。腰を揺すり、足踏みするように腿を動かして、押し下げた。膝から下は、すとんと落ちてくれた。

ブラのフックを外した。ほっとするような安堵感が胸に生じた。

いつも味わう安堵感である。八十八センチのFカップ。重い。最近はあまり感じることもなくなったが、高校三年の頃から、OLをやっていた二、三年前まで、よく肩凝りに悩まされていたものだ。

カップを浮かす。乳首がこすれ、ぴく、とくすぐったさを感じた。肩紐を抜こうとして、両腕をそろえて前に伸ばした。汗ばんだ乳房同士がくっつき、そしてぬるりと滑った。

ブラを取り、ふと美苗は胸の谷間を見た。青白く見える両乳房の内側に水滴が浮いて光っている。この夏はどこにも出かけなかった。胸元から乳房、おなかまで、真っ白いままである。

前の鏡を見た。外の曇りガラスから射してくる午後の光を浴び、白い体が発光体のように見える。砲弾型の乳房が、いっそう強い光を放っていて、薄ピンクの乳首はなおさら色薄く見える。

(二十五歳の子持ちの人妻としては、少女っぽすぎるかしら)

首をかしげて鏡を見ながら、美苗はそんなことを思った。妊娠中はそれらしく色が黒ずんでいたし、夏枝におっぱいを飲ませている間もずっと茶褐色だったが、離乳食を始めた頃から、色はもとに戻ってしまった。

(外に出て遊んだりしたら、色って濃くなるものなのかしら)

鏡の中の自分に向かってぺろりと舌を出し、美苗はパンストのウエストに手をかけた。

舌を出したのは、夫の啓介《けいすけ》に対してだった。もう十日以上もシテくれていない。『セックスレス夫婦』とかいう記事が週刊誌に出ていたが、自分はあんなの、いやだ。普通の男と女として結婚したんだから、普通に愛し合いたい。

夫が〝セックスレス〟を望んでいるというわけではなく、仕事で疲れているのだろう。それはわかっている。六つも離れていて三十一歳だが、まさかリタイアする歳ではない。

以前は仕事もばりばり、夜もばりばりだった。今をときめく証券マンとして、当たるを幸いなぎ倒すみたいな、圧倒的なパワーがあった。毎晩毎晩で、ギブアップしたいくらいだった。「疲れてるんじゃないの?」と美苗が言うと、「男には〝疲れマラ〟というものがある」などと言って荒々しく攻めてきたものである。

リーマン・ショックで、啓介の勤める中堅証券会社も、ご多分にもれず大打撃を受けた。それが相当にこたえたらしい。その頃から目に見えて〝夜〟の回数は減った。それが、景気回復の兆しが見え始めた今も、そちらのほうは回復しない。いや、むしろ悪化の一途をたどっていると言ってもいい。どん底のときだって、十日も抱いてくれなかったことは、なかった。

(やっぱりトシなのかしら。あたしまだ二十五歳なのに……)

美苗は腰をくねくねさせ、タンクトップよりも苦労をしてパンストを脱ぎ、今日下ろしたばかりの、パステルピンクのショーツに指をかけた。

ショーツは、パンストよりいっそう脱ぎづらかった。まるで肌そのもののように貼りついている。骨盤の前の少しへこんだところに両親指を差し込んだ。指をぐるりと後ろに回した。ヒップの斜め後ろを押し下げた。そのままでは無理なので、おなかを突き出した。ヒップの半分まで脱げた。肉を押し込んで、ずり下げた。ショーツが裏返しになって下がった。

指を前に戻した。最初指を差し込んだところに隙間ができている。そこを押し下げたが、茂みの始まりが現れた時点でストップした。骨盤の両サイドが皮膚と一体化したようにへばりついている。

指を全部差し込んだ。布地を傷ませないようにして押し下げた。が、なかなか思うようにいかない。美苗は新品のショーツゴムの部分をつまみ、ひん剥いた。パステルピンクのショーツが下がり、黒々とした秘毛が面積を大きくしていく。水気を含んでいるからか、全体がもわっと固まっている。

膝まで下がってようやく、するする脱げた。右足を抜いた。左足を抜こうとしたとき、恥毛の下部が目に入った。固まって真っ黒に見える小指の太さほどの一団が、刷《は》き上げたように左上にはねている。その部分の地肌が見えた。

左小陰唇だった。熱さで茹《ゆ》で上がったような赤褐色をしていて、めくれている。その内側に、何か白いものが見えた。

(え？　何これ!?)

足をショーツから抜き取り、ガニ股に近い格好になってそこを調べた。茂みを掻き上げ、両手の指で恥唇を開いて、中を見た。

白いものは溶けたチーズ状で、ぬちゃぬちゃしている。愛液の水分が少なくなったもののように思える。小陰唇の内側、赤っぽいピンク色をした粘膜に、二ミリくらいの幅で付着している。粘膜の左右ともだ。

いわゆる〝恥垢〟とは別物だと思った。不潔になんかしていない。トイレに入ったときだって、何度もしつこくペーパーを当てる。小学生とは違う。

（じゃ、いったいこれは……）

やはり愛液としか考えられなかった。

（うそー。何で？）

いつそんな液が出たのだろうかと思った。汗はかいたが、ラブジュースなんて、身に覚えがない。このところずっと、夫はシテくれていないのだ。そんなもの、出る幕がない。

（じゃー、何なの？）

美苗は右手の中指を小陰唇に埋めた。指をカギ形にしてすくい取った。

「あ……」

思わず変な声が洩れてしまった。触ったところが感じてしまったのだった。あごがかくっと上がり、内腿がきゅんと引きつった。

2

指についたのは、ほんのわずかな量だった。指先が透明に光っていて、半固体状の白いものは見えるか見えないかである。もう一度すくい取ろうと思ったが、やめにした。体の反応のほうが怖かった。今、感じてしまったりしたら、その後はどうなるのか。今日の夜、夫が愛してくれるという保証はあるのか。

美苗は指先を目の高さに上げた。鼻を近づけ、匂いを嗅いでみた。

(やだ……)

半分安心し、半分やるせない思いになった。安心したのは、それが〝恥垢〟ではないということでだった。嫌な匂いではなかった。甘い匂いがしていた。明らかに愛の蜜だった。単なる〝おりもの〟とは別の匂いなのは、はっきりしていた。

それが、やるせなさの理由だった。誰に愛してもらったわけでもないのに、そんな液が出ていた……。それと気づかないで、体がそうなっていた。知らぬ間に、興奮していた。興奮しないで、どうしてそんな体液が出るのか。

今、自分はたまたま気がついたが、ひょっとしてこのところずっと、そんな状態が続いていたのかと、夫にかまってもらえぬ人妻である自分がかわいそうに思えた。

美苗は洗面所の水道で指を洗った。一種のむなしさが心に満ちた。

(今日はシテくれるかしら。ううん、自分から悩ましく迫っちゃえば……)

鏡の自分に唇をすぼめて見せ、ロングヘアを掻き上げた。戸棚からシャワーキャップを取り出し、かぶった。身をひるがえし、浴室のドアを開けた。

シャワーヘッドを白タイルの壁に向け、コックをひねった。少しの間、冷たい水が出る。いくら体が熱いといっても、冷たい水は苦手だ。〝愛液のチーズ〟をこね取った指にシャワーを当て、加減をみた。水が温まり始めたところだった。右手から順繰りにシャワーをかけた。肩から胸に浴びる。

「あっ……」

思わず胸を引き、シャワーを壁に向けた。

乳首がちりちりと感じてしまった。今さっき指を沈めた粘膜にも、感覚が伝わっていた。

シャワーヘッドを右手に持ち替えた。胸が、妖しくときめいた。自分の心には気づいていないふりをして、左手を右肩に当て、そこにシャワーを浴びせた。手を少しずつ下に滑らせた。シャワーも下に向けた。乳首を快感のしぶきが襲った。

「あ、感じる……」

声に出し、あごを突き出した。声に出したことと、そのしぐさとで、右胸の快感が広がっていくように思った。

乳房をすくい上げた。乳首を上に向けた。ちらっと、夏枝のことが頭をかすめた。今でも寝るときとか、夏枝はおっぱいをしゃぶる。

(子供を育てる乳首にこんなこと……)

しかし、始めてしまったことは、そう簡単にはストップがかかりそうもなかった。ソファでアイスを舐めている夏枝が、ストップを命じるかのように目に浮かぶ。アイスの棒をくわえたまま、ソファからおっこちたりして……。そう思ってゾッとする。が、いや、そんなことにはならない、なるはずがない、と勝手に否定してしまう。

水流を強くした。乳首にだけ集中させて……と、左手で出口を半分以上ふさいだ。痛いほどのしぶきが乳首を見舞った。

(ああっ、これって、すごく……)

顔を大きくのけ反らせてしまった。バランスをくずし、よろけた。壁にシャワーをかけてきれいにし、左肩をあずけた。右の乳首に、強いしぶきを浴びせ続けた。

腰がじーんとけだるくなった。乳房より下には、まだシャワーをかけていない。お湯が流れ落ちているだけなのに、まるで恥部に強力な水流を当てているかのように、けだるくなったのだった。

美苗は左手を下に這わせた。陰阜《いんぷ》に手をかぶせた。中指がちょうど、まん中に当たっている。少しだけ、押し込んだ。指先が、肉粒をこすった。

「あん！」

女の核がびりっと痺れ、腰を引いていた。反射的な体の動きだった。逃げた突起を追った。尻込みする自分を叱る気分だった。突起に触る。背を反らし、腰を引いた。今度は、意識してそうした。

まだ、おびえる自分がいる。いけないことをしてしまう、という思いがある。敏感な肉の芽をさらに追った。ガニ股に近い格好になって、ヒップを突き出した。胸も突き出していた。そんな自分の体位が、何かの動物を思わせた。後ろから交尾される体位である。

「交尾……」

つぶやいてみた。淫らに響く言葉だった。左手を後ろに回した。ヒップを撫で、肉の谷間になぞり入れた。シャワーを背中にかけた。大量のお湯が谷間から流れ込んできた。お湯といっしょに、お尻の穴を掃いた。そのまま前にずらし、粘膜のわれめにくじり込ませた。

「こうやって、オ××コを……」

中指と薬指を、膣口に当てがった。シャワーが流れている背筋にざわざわと、快感の虫が這い登った。

「こうやって、ずぶずぶーって」

動物の交尾を思ったからか、逞しい男根に挿し貫かれることを想像していた。疲れているのを口実に妻をかまってくれない夫みたいな男じゃなく、無法者といってもいい男、女の都合や気持ちなんか考えようともしない男に無理矢理……。

「こうやって、あたしのこと、めちゃくちゃにして……」

人差し指も加えた。束にした三本の指を、美苗は膣に挿入した。

「あ、ああ、きつい……きつすぎる……」

壁にあごをつけて喘ぎ、一人芝居をした。シャワーヘッドをフックにかけ、右手を恥丘に当てた。さっき愛液をすくい取った指でクリトリスをこすった。荒い指使いで左右にいらった。左手の三本指を、深々と潜り込ませた。

「いっ、痛い……そんな乱暴にしないで……」

どこの誰かわからない男に向かって、そんなことを言っている。

（乱暴？　乱暴になんてしてないじゃないか。痛いのは奥さん、おれのぽこちんがでかいからじゃないか？　それとも奥さんのオ××コが締まりいいからかな。奥さんあんた、ダンナに夜のほう、シテもらってないんじゃないかい？）

「ああん、そうなの。だからあなた、シテ。シテ。こうやって」

（何をするんだい。え？　言ってみなよ）

「そんな……言えないわ、あたし」

（何でだい。ちゃんと言わなくちゃわかんないだろ？）

「だって……ああ、あたし、恥ずかしい」

口の奥でそう言いながら、美苗は後ろから回している左手を動かした。が、動きが思うようにいかない。分厚いヒップの肉が邪魔をして、うまくピストン運動をすることができないのである。

左手でするのはやめにした。左手を壁につき、クリトリスをいらっている右手を奥に滑らせた。今までより頭を下げ、股を大きく開いて、お尻を突き出した。右手の中の三本指を、粘膜にくじり込ませた。

シャワーが背中に当たっている。お尻の谷間に流れ込んできたお湯が、肛門をくすぐって秘裂を洗っている。指をピストンさせた。動きがスムーズである。シャワーのお湯とは別の液体があふれ出しているのである。

「あ……あ、あ、気持ち……いい……」

頭の真ん中がジンジンした。久しぶりに味わう快美感である。

(このままずっと続けて……)

と思った。いや、始めてしまったら、ストップなんてできない。

「もっとして。もっと強くして。おちんちん、ずぶずぶって」

誰とも知らぬ男にそう訴え、手の動きを速めた。と、どこかで何やら物音がしたように思った。シャワー中でも聞こえてきたからにはそれなりの大きい音である。

(夏枝!)

はっとした。アイスの棒をくわえたまま、夏枝がソファから落ちたのではないか？ 顔から落ち、棒が喉に刺さって七転八倒してるんじゃ？ 美苗は急いでシャワーを止め、ドアノブに手を伸ばした。

3

ノブをつかもうとして、おや？ と思った。曇りガラスの向こうに、何か白っぽいものが揺らいだように見えた。黒っぽいものも見える。光線の加減で化粧戸棚がそんなふうに見えるのかしらと思った。

頭がぼーっとしていた。深く考えることはできなかった。ノブを回し、ドアを開けた。

ドキッ！　として、体が棒立ちのままになった。顔の前にふたりの男がいた。

突然頭の曇りが消えた。

「キャッ！」

と叫ぼうとした口がふさがれた。ふさがれたというより、マスクのように、左右のほっぺたに手をかけられた。それで、「ひいっ」という声になった。もうひとりの男が肩に手をかけてきた。ぐいと引っ張られた。脱衣場に出た。脱衣場のドアは、閉められている。

「でかい声、出すな。いいかい。裏の家に聞こえるような声は、絶対出すなよ」

口を押さえている背の高い男が言った。まん中分けのヘアスタイルをしたその男を見上げ、美苗はうなずいた。三度か四度、うなずいていた。タオル一枚、持っていない。無防備な濡れた体で、かろうじて胸と恥部を隠しているだけだ。

「向こうに女の子、いるよな」

美苗を冷たい目で見下ろし、その男が言った。美苗はうなずいた。

「かわいい子供の手足、折られたくなかったら、言うこと聞くんだな」

男の目を見つめ、美苗は五度も六度もうなずいた。うなずき方が大きかったので、男の手が口から外れた。自分が柔順であることを示すために、美苗は男を見つめたまま、きつく口を結んだ。

「いいか。二度と言わないぞ。覚えときな」

また、美苗は大きくうなずいた。

「今、中で何、してた」

「……シャワー……浴びてました……」

蚊の鳴くような声で、美苗は答えた。

「シャワー浴びながら、オナってたのか?」

「……」

美苗は、震えるようなやり方で、首を横に振った。

背の高い男がいきなり首に手をかけてきた。相撲の〝ノドワ〟という技そっくりだった。喉が締まって、「ぐぇっ!」と、変な声を出してしまった。

「ウソ言ったりしたら、ただじゃおかないぞ? いいか、アソビでやってんじゃないんだ。マジにあんたと愉しもうと思って来たんだからよ。おれたちにウソ言ったりしたら、目の前で、ガキがどうなるか――」

「……は……は、い……」

震えながら、美苗はうなずいた。首が、ガクガクした。

「オナってたんだろ」

「……」

目の前が真っ暗になった。とにかく、男を怒らせないように答えなければならない。

「……は……はい……」

やっと、言った。

「だろー。そういうふうに、素直に言やあいいんだよ」

男が、もうひとりに、にやついた顔を向けた。もうひとりも顔をくずした。その男は角張った顔立ちで、フレームレスの近視のメガネをかけている。ふたりともTシャツにジーンズスタイルである。背の高い男が白のTシャツを着ていて、もうひとりはグレーのを着ている。

背の高い方が言った。

「こいつはよ、若くて美人の人妻がオナニーするの見るの、めったくそ好きな男なんだ。えれースケベなやつでよ。そんで、鼻がきくっちゅーか、見ただけで、そういう人妻、わかるらしいんだよな」

めまいがした。もし男の言うことが本当だとするなら、ふたりはスーパーから後をつけてきたのだろうか。

「オナニーは、好きか」

背の高い男が、ぐいとあごに手をかけ、言った。

「……は……はい……」

そう答え、美苗は気を失いそうになった。しかし、後はどう答えればよいのか。怒らせたら、夏枝の身に何が起きるかわからない。

「毎日、するのか」

「……はい……」

がっくりうなだれそうになった。が、男の手が、それをさまたげている。

「ダンナとのオ××コと、どう違う?」

声の感じが変わったように思ったら、男は背を低め、顔を覗き込んでいる。目が合った。そらすことができない。

「え?　どう違うかって訊いてんの、わからないのかな」

声の調子が、怖いほうに変わった。

「あっ、あの……」

男が満足する答えを捜そうと必死になったとき、ふと、いつだったか雑誌で読んだ記事が、頭に浮かんだ。

「その……質、というのが——違うんです」

「質～っ？　何の質だよ」

「あの……その……ヨサ、というのか、それが……別、なんです」

「ほーっ！　さすが毎日オナってる人妻の言うことは、リアリティがあると思わねえ？」

男がもうひとりに、にたーっとした顔を向けた。

「だろーっ。だろーっ。やっぱしなーっ！」

その男が、得意然として言った。

4

目の前の男は身長百八十センチは楽にありそうである。鼻筋がすっと通っていて眉が濃く、目もぱっちりしている。ただ、その目の光がどことなく暗く、冷たい感じで、何をするかわからないという怖さが感じられる。

「じゃ、やってみな。もたもたすんじゃねーぞ」

男が言って、手を離した。大人三人、立っているだけでも狭い洗面所で、オナニーをしてみせろと言っているわけである。

「あの……あたし……」

美苗は、乳房と股間を隠した格好で男を見た。オナニーなんて、人に見せるものではない。

「はよやれよ。おれたち、気は長くねえんだ。ポコチンはなげーけど」

「あ……あの……」

美苗はふたりを交互に見た。早くしろと言われたって、できるものではない。

背の高い男の右手が動いたように思った。

バチッ！　と音がして、同時に目に火花が散った。

キャッ！　と叫んでいた。

その男が喉を絞めてきた。

「あんたよお、でけー声、出すなって言ったろうが。聞こえなかったのかい」

「がっ、がい……ずみばぜん」

　喉が詰まり、しわがれた声で美苗は謝った。叫ぼうとして叫んだわけではない。たたかれた瞬間、悲鳴が出ていた。しかし、謝るしか、しようがない。

「今度でけー声出したら、顔、水に浸けるぞ。二分だ。死ぬかどうかはあんた次第だけどな」

「は、はい。わかりました。もう出しません」

　震え上がった。何がどうなってこんなことになったのか。夏枝は大丈夫か。そういえば声もしなければ音も聞こえてこないが。

「ンなこたどーでもいーんだよ。はよやんな」

　メガネがイライラした声で言った。声のトーンが高い。この男も何をするかわからないムードをもっている。

「……はい……」

　もう、言うとおりにするしかないと思った。誰か——警官とか、自衛隊とか、来てくれないだろうか。郵便屋さんでもいい。宅配便の人でもいい。

　バシッ！

　左のほっぺたが火を噴いた。ようやく痛みを感じた。美苗はあわてて手を動かした。両乳房を隠していた左手で右の乳房を揉んだ。

「それからどうすんだい」

背の高いのが、洗面台に手をついてにやにやしている。メガネは、ドアにもたれかかっている。美苗は、恥部を隠していた右手で、そのあたり一帯を撫でた。

メガネが、美苗の真ん前にしゃがんだ。

「おケケ分けて、オ××コ、広げてみてよ」

メガネが命じた。美苗は乳房を揉んでいた左手を滑り下ろした。男に言われたことを右手だけでするのは、いやらしすぎると思った。両手の方がましに思えた。両手の指を恥裂の脇に添えた。

「広げるんだよ。ちゃんとやれ」

言われたとおり、美苗は指に力を入れた。ぬちっ、という手応えがあった。粘膜が口を開けた。が、メガネの要求には応えていなかった。

「おケケ、よけなくちゃ、中、見えねえじゃん」

「はい……」

美苗は恥毛を掻き分け、恥ずかしいところを剝き出しにした。

メガネが顔を近づけた。メガネの目と鼻と口が、ひとつに集中した感じで、股間にある。右の内腿に、息が吹きかかっている。

　メガネが言った。

「ねとねとしてんじゃん、中。ほんとにオナってたんだ。すげースケベな人妻なんだな」

「……」

　泣きたくなった。が、泣いたところでどうなるものでもない。

「してたんか？　ほんとに。イキそうだったんかあ？　イッたんかあ？」

　美苗の指に両手の指を添え、メガネが恥唇を開いた。

　ねちょ、という音がした。美苗自身の耳にも聞こえた。

「どこ、してたんだよ」

　彼が言った。

「……」

　いずれ、何とか答えなければならなかった。が、どう答えればいいのか。

「どこしてたって訊いてんの！　ここか？」

　彼が両手の親指の爪で、クリトリスを挟みつけた。

「アッ！」

痛みに飛び上がった。爪の先でギリギリとやられたのである。クリトリスの〝首〟のところに、爪が突き刺さった。

「このー！　でけー声、出すなって言ってんだろが」

目の前にいる背の高い男が、左目の上をたたいた。

「アアッ！」

ぶっ飛んだ。といっても後ろはドアなので、どんとぶつかり、ずずずっと落ちた。ドアを背に〝ヤンキー座り〟をしたまま尻もちをついた格好である。股は、大きく開いていている。

「どうやってオナってたかって訊いてんでしょー？」

こっちのことなどまるでおかまいなしに、メガネが言った。

美苗は、やや上にあるメガネ男の目を見た。哀願と許しを、込めた。が、何の効果もなかった。メガネが膝立ちになり、ジーンズのポケットから幅の広いカッターナイフを取り出した。

「チ××はなげーけど、気は短いって言ったはずだよねえ」

「こっ……こうやって、です」

あわてて美苗は行為のしぐさをした。膝を立てて開いた股に右手を差し込んだ。

「それで、どうやってしたんだよ」

メガネが、刃を滑り出させた。

「こっこっ……こう、やってです」

中指の先でクリトリスをこすった。

「おっぱいはしてなかったのかい。シャワー、当ててたみたいに見えたけどなあ」

「は……はい。してました」

「なら、やんな。シャワーないから、手でやんな」

黄色いカッターをちゃらちゃらさせ、メガネが言った。

美苗は、ついさっきしたように、左手を右の乳房に当てがった。ゆっくり、さするようにして、揉んだ。その程度じゃ納得してくれないかと、親指と人差し指で乳首を挟み、こりこりした。

「まだ、目が、ホンモノじゃないなあ。おっぱいはおれがやってやっからさ」

背の高い男がそう言って手を伸ばし、両方の乳首をつまんだ。

(あっ……)

びくっとした。マスクはけっこう甘いのに、指の皮がおそろしく厚い。足のかかとみたいな感じだ。ぐりりぐりりと刺激された。

（あっ、痛っ……）

美苗は、苦痛をこらえようと、顔を下げた。

「何やってんのお？　ちゃんと顔上げて、よがるとこ見せてくれなくちゃぁ」

背の高い男が乳房をすくい上げ、乱暴に揉みしだいた。

「こっちはどうしたんだよ」

メガネが右手をつかみ、自己愛撫をうながした。

美苗は指をまるく動かした。クリトリスはしこっているという状態ではない。が、妖しいときめきが体の芯に生じている。なにか、浴室での想像が現実になったかのような……。

5

メガネが、洗濯機の脇の脱衣カゴに手を入れた。さっき脱いだパステルピンクのショーツを取り出した。くるくる紐状になっているのをほぐし、裏返しにしてボトムを上にした。

（ああ、いや……）

美苗はきつく目をつぶった。黄色いしみがついている。指でえぐり取ったのと同じものだろう。

「目、開きな。ちゃんと見な」

メガネが言った。美苗は仕方なく、目を開けた。長身の男が左の乳房を荒っぽく揉みながら、右の方は乳首をくりくり、転がしている。

「何でおれたちが奥さんの後つけてきたか、知ってるかい？　これだよ、これ」

メガネが、これ見よがしに黄色いしみを突きつけた。

「こいつの鼻はきくっちゅったろ？　三メートル離れてても、この男だったら、奥さんのオ××コに鼻くっつけてるのとおんなじなわけ」

長身の男が乳首をぴんぴんはじきながら言った。

「こんな濡れ濡れパンティはいてスーパーの中うろうろしてたら、あたしについてきて、って男を誘ってんのとおんなじなわけなのよ」

「オ××コ濡れちゃってたまんないの。あたしこれからおうち帰ってオナるの、って言ってんだから。ようするに、奥さんはさ」

メガネが言った。

美苗はメガネを見た。そんな無茶苦茶な、という思いを訴えようとした。が、このふたりが嘘をついているという証拠は、自分にはない。男と女は違う。女の匂いに過敏な男がいても、ちっとも不思議ではないのではないか？　つまり、ずっと夫に抱いてもらっていない自分は、無意識のうちにこのふたりを誘っていたということなのだろうか。

メガネがショーツを鼻に押しつけてきた。

うわっ！　とのけ反った。後頭部がドアガラスにぶつかってすごい音をたてた。

「どうだ。いいマン汁の匂い、するかい」

メガネが笑いながら言った。

美苗は黙っていた。自分の匂いである。いいか悪いかということになれば、当然のことに、いいとは思えない。

「どうだって訊いとんの！」

メガネが、ショーツの汚れたところをぐりぐり、鼻にこすりつけた。

「あっ、は……はい」

「いい匂いか？　ああん？」

「は、はい。いい匂い、します」

「パンティしゃぶってオナニー、すんだろ」

「……はい……」

「じゃ、してみな。どうやってするか、やって見せな」

言うとおりにするしかなかった。美苗は縦長のしみをぺろぺろ舐めた。しょっぱい味がした。〝恥垢〟と変わらないいんじゃないか、という気がした。舐めながら、クリトリスをこすった。さっきの浴室のときとは違う。強制オナニーである。快感があるわけではない。

「んー、いいねえー。たまんないよ、美人の人妻のそういうの」

メガネが立ち上がった。ジーンズのベルトをカチャカチャさせた。

美苗は観念した。もう逃れようはない。

メガネがジーンズを下ろした。白いブリーフが恐ろしく突っ張っている。

「奥さん、パンツ、脱がせてよ」

メガネが言った。

美苗はオナニーをやめ、ショーツを落として、ブリーフのウエストに手をかけた。引っ張ったが、容易には下げられない。汗で貼りついているのではない。ペニスが邪魔をしているのだ。こんなこと、今まで経験したことがあっただろうか。

心のどこかで、何か、得体の知れない動きがあった。

お尻の方を先に脱いだ。それから力を入れ、前を引っ張った。外れた。赤黒い肉幹が、ビョン！　と飛び出し、ビイン！　とそそり立った。頭の上である。下から見る男茎は、三十センチはあるかに思える。茎がぐうんと反り返り、黒紫色の亀頭のエラがコブラみたいに出っ張っている。信じられない勃起である。

「くわえてよ。かぷって」

メガネが言った。肉幹がぴくんぴくんした。

言うとおりにしないわけにはいかなかった。そうしなければ、夏枝が……。

（ああっ、夏枝！）

リビングに思いが飛んだ。が、すぐ、目の前の現実に戻された。寄り目になって、黒光りしている肉の幹を見た。口で、と言われても、そのままの格好では無理だった。美苗は両膝をついてしゃがみ、てらてら光っている亀頭に唇を接触させた。

「おいおい！　おれはどうなる」

途中まで乳房を揉みながら見ていたもうひとりが、美苗の左手を引っ張った。

「ジーンズを脱がせろ」と言っているのである。美苗は、メガネのは、口だけでしていた。目を左に向け、両手でジーンズを脱がした。

　彼もメガネ同様、信じられない勃起状態だった。肉のバットのような感じだ。心の中で、また何か、得体の知れない動きがあった。今度はわなわな、手が震えるような反応が付随した。下腹部をあばきはしたが、次にどうしろという指示がない。メガネの亀頭を半分くわえたまま、美苗は両手を下げた。

「もしもし～？　そりゃーねーんじゃない？」

　長身の男が、怒りを含んだ声で言った。美苗はあわてて両手を上げた。上げはしたが、宙ぶらりんである。指で、しごけばいいのだろうか。口と指だけで、このふたりは自分のことを許してくれるのだろうか。

　長身の男が美苗の左手を引っ張った。すーっと、体が浮いた。口が、メガネの亀頭から離れた。

「げげげっ！」

　メガネがふざけた言い方をして、美苗の頭を引き戻した。左の首筋が、グギッ！　と、変な音をたてた。ダメージを少なくするためには、立ち上がらねばならなかった。

　長身の男が、ウエストに手をかけてきた。メガネが、深くくわえさせた。自然、長身男にお尻を向ける体位になっていた。

「いただいちゃうよ、奥さん」

長身の男が言って、後ろから迫った。

ヒャーッ！　とした。車にひかれる瞬間のような、総毛立つ感覚だった。

「あっ、いやっ！」

思わず拒絶の動きをしていた。それが、メガネの亀頭に歯を立てる結果となった。

「アッツーッ！　ククーッ！」

メガネが苦悶し、美苗の首を絞めた。

「どうしたい、ヒロ。おフェラ、きくのか？」

「ううう、チ××、咬みやがった。クッソー、ぶすーってやってくれ。ずっこずっこ痛めつけてくれ」

「痛めるつもりが、よがらせることになってもいいんかいな」

「よがったら、首絞めてやらあ」

「おもしれーや。よがればよがるほど、絞め上げてみい」

と言うが早いか、長身が挿入を試みた。

「ぎゃーっ！」

美苗はほとんど絶叫した。

粘膜が濡れていなかったと言えば嘘になる。が、モノがモノだった。夫がこんな大きさになったことなど、一度としてないんじゃないか。夏枝がおなかにいて、ずっと禁欲していたときだって、この男の三分の二程度の大きさじゃなかったか。

それが、まさしく〝ずぶーっ〟と、入ってきた。こっちの粘膜が濡れているといっても、男のほうが乾いている状態で、いきなりのインサートだった。衝撃をいくらかでもやわらげることができるとするなら、顔を上げることだった。そうすれば、ヒップに奥行きができる。挿入の深さも、ある程度、緩和されるはずだった。

ところが、それはできぬ相談というものだった。亀頭をまるごと、メガネにくわえさせられている。亀頭が喉まで届いている。言うなれば〝串刺し〟の状態である。なおかつ、メガネが首に両手を回し、絞めている。押すも引くも、何ひとつできない。

長身の男が、ぐいぐい入れてきた。一度も引くことなしに、がむしゃらに侵入させようとしている。膣粘膜がひきつった。膣の入り口からまとめて、粘膜という粘膜がめくれ返ってくる感じである。

（お願いっ！　痛いっ、痛いです！）

少しでも顔を上げようと、メガネの腰に両手を当てた。が、そのつもりが、右手で陰嚢《いんのう》を押してしまった。

「ウグウーッ！　こっこっ！　このおーっ！」

メガネが呻《うめ》いて首を絞めた。

「げほげほっ！　ぐふっ！」

目の前が真っ赤になった。苦痛で両手に力が入った。メガネを押し離そうとした。もっとも、ほとんど無意識のことだった。同じく知らぬ間に、歯を立てていた。膣の痛さと首を絞められる苦しみに、歯を食いしばっていたらしい。

「アッ、ツーッ！　てめっ、てめーっ！」

メガネがばしばし、両方のほっぺたをたたいた。

「ヒィーッ！　いやっいやっ！」

ほっぺたをかばった。その手がつかまれた。メガネが、両手でつかんだのだった。幸いと言えば幸いだった。それで、たたかれることも首を絞められることもなくなったわけである。

が、新たな苦痛が待っていたのだった。

「このー、さっきからひでーこと、何回も何回もお」
メガネはそう言うと、美苗の両手を背中にねじり上げた。ブラをするときより
ずっと上、肩甲骨が合わさるところで、両手が重ねられた。
長身男が、最後の一突きとばかり、押し込んできた。膣粘膜がひしゃげ、子宮
が亀頭に突き歪められるのが、はっきりと感じられた。

6

「わあーっ！」
体がぐうっと、つんのめった。あごが開いたのと体が前にかしいだこととで、
亀頭がずぼっと、喉をふさいだ。喉ちんこが押し広げられ、呼吸不能になった。
(助けてっ、お願いっ、死んじゃう！)
必死に訴えようとした。が、肝心の口が使えない。手で何かを伝えようとして
も、動きは完全に封じられている。危機を脱する唯一の手段は後ろに逃げること
である。が、それが最も不可能になった。長身男が両手で腰を抱え上げ、それこ
そパンチの効いたピストンを始めた。

粘膜の痛みそのものはやわらいだ。ペニスのスライドによりぬめりがいき渡り、滑らかになったからである。しかし、長身男のリズムは、重量感に満ちた、強烈なものだった。一突き一突きに、性器はつぶれ、子宮が悲鳴をあげ、ショックが脳天にまで届いた。

まるで杭打ちみたいな……と思ったら、まさしくそのとおり、ずっずっ、ずっずっと、体は前にずっていき、その結果、メガネ男の肉幹が、喉の奥に侵入してきたのだった。

もう、呼吸どころの騒ぎではなかった。何か、ペニスが倍の長さになって、食道から胃に向かって入り込んでくるような、一種異様な体感である。それは、体の下のほうにも言えることだった。亀頭が子宮に潜り込み、突き破って、腸を縫い、胃に向かって突き進んでくる感じだ。

（助けて……助けて……あたし、死んじゃう……）

それをどう伝えたらいいのか。どうすればわかってもらえるのか。

メガネが、美苗の両手首を片手で押さえ、片手を首にかけてきた。絞り上げるようにつかんだ。腰を使い始めた。フェラチオというよりマスターベーションである。人の喉を使って自慰をしているのである。

が、ひどいのは後ろの男にしても同様であった。彼は、美苗の両膝に手をかけ、浮かした。美苗は手を背中で結わえられた格好で、宙に浮いた。上と下の口を、同時に犯された。深々と。二本のペニスが、体のまん中で暴れている。胃のあたりでチャンバラをしている感じである。

もう、軽く一分は、呼吸をしていない。が、ある一線を越えたのか、苦しさは、そんなに感じない。といって、このままでは確実に死に至るだろう。

(夏枝!)

リビングでアイスを舐めているはずの娘が、突如、目に浮かんだ。死んだら困る! ゾッとした。さっき二度ほど感じた得体の知れない感覚が、体中に広がった。

「ううっ、お……しっ……しま、る……」

両膝を抱えて抜き挿ししている男が呻いた。

「おっお……こっちもだ、あ……」

人の喉でマスターベーションしているメガネが、快楽の声をあげた。

「お、おい、ほら……こいつ……よがってんぜ」

後ろの男が言った。

「あ？　あ、そっか」

メガネが、思い出したようである。美苗の喉を絞めている右手に、きゅーっと、力が入った。

「んくっ！　んくう～～！」

耳から息が洩れていくような、目からぷくぷく空気が洩れていくような、妙な感覚が生じた。もうろうとなった。宙に浮いている自分を支えているものといえば、後ろは膝、前は喉である。あと、肉幹をくわえている口と顔が、いくらかなりと助けになっているだろうか。

後ろの男が、突きを烈《はげ》しくした。

「どうだ。まだよがってっか」

「みてーだな。みてーだな」

きゅーっと、首が絞められた。喉骨の両側に指が食い込み、呼吸もストップ、血流もせき止められている。

ふわーっと、意識が遠のいていく。

（ああ、だめ。ほんとに、あたし……）

全身に、汗ばみを感じた。腰が、けだるくなった。子宮が、ぼよ～んと膨張したようだ。その中で、ずこずこ、ペニスが躍り狂っている。

「おっおーっ！　締まる締まる。オ××コ、ぴくぴくしてっぞお」

指が、あごの下に食い込んだ。皮膚と肉を素通りして、指がじかに、舌の付け根に突き刺さっているようだ。喉と、喉骨と、舌の付け根と、そのあたりを、少しでもゆるめたかった。メガネに望むのは無理だろう。だから美苗は、何とか自分で……と、そこに意識を持っていった。

「っくーっ！　こっちもたまんねーよお」

メガネが呻いて、腰を前後させた。

「おー、また締まるぅ。クーッ、この女、感じてやがんぜえー」

後ろの男がわめいて、ひときわ荒っぽい律動をした。いや、もうすでにそれは、射精の痙攣だったかもしれない。

「おーだめだ。フグだフグだ。フグのバイブだ」

メガネが言った。

「すげー吸う。あー、もーおれ、イッちゃうぜ。ックー！」

メガネが腰を弾ませた。食道にまで入っている肉茎が、ぴくぴく、脈打った。食道のまん中あたりが、カーッと熱くなった。

「おおお……」

後ろの男が唸り声をあげ、両膝に爪を食い込ませた。皮膚が裂けた感触があった。爪が肉にまで刺さっているような感覚でもあった。が、痛い、とは思わなかった。

言いようのない刺激が、子宮を襲った。

頭が真っ赤になった。

ぶるぶるガクガク、体がわななないた。

(このまま死ぬんだ)

そう、思った。

頭が、オレンジ色に膨張した。

(あ、死ぬ……)

全身が、快楽の黄金色に輝いた——。

第二章　カメラの前で

1

すぐそばでケータイが鳴った。

美苗は飛び上がった。間を置き、コール六回で受話器を取った。耳に当てた。

自分からはしゃべらない。あの男たちが帰ってからずっとそうだ。

——八日前、あのふたりは電話番号を訊いていった。「奥さんの体、すごくおいしいから、あと一回ぐらいは邪魔するかもしれない」と言い置いて帰っていったのである。「奥さんもおれたちの体、忘れられないだろう?」などと言って
——。

『もしもし～？　小山内《おさない》さんですかー』

男が言った。笑いを含んでいるような声である。ぐらぐらめまいがした。あの背の高い男に違いなかった。恐れていたことが現実となったのである。

「……は……はい……」

声を押さえ、美苗は返事をした。

『これから迎えに行くからさ。外出の用意、しといて』

「えっ……」

と答えたが、後の言葉が続かない。水曜日の午後三時過ぎである。

(外出？　迎えに来るったって、そんな無茶苦茶な……)

「わかったね。もし何なら、かわいい娘さんも一緒でいいよ。優秀なベビーシッター、いるからさ」

「あの……どこに行くんでしょうか。夕食の用意とか、わたし、いろいろあるんですけれど」

美苗はついそんなことを言っていた。キッチリ断ればいいものを、低姿勢になっている。

「ダンナが帰ってくる前にお帰しするからさ。しんぺーないって。じゃ、三十分以内に行くから。誰にも言わないのが身のためだってこたあ、知ってんね」

それだけ言うと、男は電話を切った。

美苗は受話器を握ったまま、ぼーっとしていた。われに返ったのは、夏枝が膝に上がってきたからだった。外出の用意といっても、何をどう用意すればいいのかわからない。誰にも言ってはいけないのだから、夏枝も一緒に連れて行くしかないのだろう。美苗は、とりあえず、洗面所に向かった。シャワーを浴びようと思ったのである。あのときのことを思い出した。玄関に行き、ドアをロックした——。


玄関のチャイムが鳴ったのは、シャワーを浴び、浴室から出たときだった。電話から十分とたっていない。違う客かと思いながら、バスタオルを体に巻き、キッチンのインターホンを取った。

「玄関、開けてよ。ちょっと来るの、遅れちまったけど」

電話の男の声だった。

「えっ？　あのっ……三十分したらとか、さっき……」

「バカ言ってんじゃないよ。誰がそんなのんきなことする？　三分て言ったんだよ。いいから早くここ、開けな」

「はっ、はい……だけどわたし、今、シャワー浴びて出てきたばかりで」

「だからどうだってんの。早くしないと娘さん、泣き叫ぶことになるかもしんないよ。どーせすぐ裸になるんだから、そのまんま出てきな」

頭の血液が、さーっと引いていった。

「そんまんま来な。今すぐ！」

有無を言わせぬ口調だった。美苗は下半身を拭き、ショーツだけ身につけて、玄関に走った。ロックを外すと同時にドアが開いた。

「おせーじゃん。何のろのろしてんのー？」

夫でも何でもない男が、当たり前のように言った。

「どっ、どうもすみません」

美苗は胸のバスタオルを両手で押さえ、謝った。そうするより、なかった。

「もう用意、できてんでしょーね」

背の高い男が入ってきた。後ろからメガネが、にやにやしてついてきた。その後ろから、もうひとり、男が入ってきた。背の高いのとメガネは二十二、三歳で、フリーター、というところか。新しい男は二十歳前後、一見学生風である。と、その男の後ろから、若い女が入ってきた。十九、二十歳に見える。最初の男が電話で言った〝ベビーシッター〟なのだろう。

「早くしてよ。こないだも言ったけど、おれたち、気は長くねーんだから」

背の高いのが言った。

「もうわかっただろうけど、奥さんの好きなものは、結構なげーぞ」

メガネが言って、下品に笑った。

「大切な娘さんは、どこだい」

背の高いのがずかずか上がり込み、リビングに入っていく。

「奥さんが出かけるのいやだってんなら、娘さんだけでもいいぜ。大事に育てあげて、せいぜい愉しませてもらうとすっか」

「あっ、あのっ！……」

美苗はあわてて男の後を追った。と、若い男にバスタオルをつかまれてしまった。

「いやあ！」

バスタオルがはだけ、ショーツ一枚になって、美苗はそこにしゃがみ込んだ。

「どうしたのさあ。奥さんは裸になるの、好きなんだって？」

その男が抱きついてきた。脇から手を差し込もうとする。美苗は、ダンゴムシみたいに丸まった。男の手がすねに下がった。そのままひょいと抱き上げられた。

「車までこうやって抱っこしていってやるから。楽ちんでいいでしょ」

「あっ、お願いです。下ろしてください。服、着させてください。お願いしますっ」

足をばたばたさせて訴えた。すねを抱いていた男の手が滑り、フローリングの床に、ほとんどまともに落っこちた。

「あっ！　あううっ！……」

左膝に激痛が走った。美苗は膝を抱えてうずくまり、苦痛の呻きをあげた。

「奥さん、大丈夫？　だめよねえ、男の人って乱暴で。どこ、痛くしたんですか？」

女の子がそう言って、裸の背中をやさしく撫でながら、膝を抱えている美苗の手に手をかぶせてきた。

何となくほっとする感じを、美苗は覚えた。心をなごませる温かさを感じた。だからベビーシッターなんて言われてるのか、とふと思った。

「服、着ます？　あたし、持ってきてあげよっか」

ささやきかけるように、彼女が言った。

美苗は顔を上げ、首を横に振った。顔と顔がくっつきそうな近さなので、びっくりした。耳に唇をつけようとしていたんじゃないか、と思ったほどだ。

2

トヨタのRV車でどこかに向かった。新しく来た男が運転した。

美苗たちは、お見合いの形になった後ろのシートに座った。女の子が美苗の左斜め前で夏枝を膝に乗せ、相手をしている。ベビーシッターというだけのことはあり、夏枝は機嫌よくしている。美苗と肌を接して、左側に背の高い男が座っている。向かいにメガネが座っていて、ジーンズの両脚で美苗の脚を挾んでいる。

車が出てすぐ、背の高い男がみんなを紹介した。彼自身は「中尾《なかお》」という。メガネが「広畑《ひろはた》」、もうひとりの男が「松川《まつかわ》」、女の子は「亜果音《あかね》」といった。それから「池田《いけだ》」と、姓をつけ加えた。

「昨日とか一昨日とか、ダンナとやったかい」

紹介し終わるや、中尾が言った。

「えっ？……」

美苗はビクッとして中尾を見、その目を前のふたりに向けた。メガネの広畑がにやにやして、美苗の脚を脚で揉んだ。亜果音は別にどうということもない顔をして、夏枝をあやしている。「えっ？　やったかって訊いてんの。聞こえんのかい？」

「え？　え、いえ……」

美苗は首を横に振った。てきぱき答えなければ、すぐたたいたりする。

「やったのかいやらんかったのかい。ええー？　また嘘ついたらひどいことになるけど、そのほうがいいんかなあ？」

「えっ、いえ、そういう……」

「どっちなのおー？」

中尾が大声をあげた。夏枝がびっくりして彼を見た。へたをすると夏枝が危険なことになると、美苗は思った。

「は、はい……昨日ではないですけれど……」

「いつだい、一昨日かい」

「……はい……」

正直に答え、思わず美苗はうつむいた。夫に抱かれたのは、この男たちに乱暴された日と、その数日後の一昨日の二回。

悪夢のあの日は、そっと眠りたかった。が、夫が珍しくモーションをかけてきたのである。あんなことがなければ大歓迎だった。自分でも気づかずにショーツを汚すほど、肉体は高ぶっていた。

が、場合が場合だった。精神的なショックは、まだしっかり頭と心に焼きついていた。妊娠の心配もあった。ふたりが帰ってから、ビデを使い、しつこいぐらいに膣内を洗浄した。

そのほとぼりがさめていない、というような程度ではなかった。だから今日は静かに寝て、あの嵐みたいなことは忘れて……と思っていたのに、夫は体に手を伸ばしてきた。

行為の最中、夫に抱かれているというよりは、脱衣場での暴行シーンの再現か続きのような気が、美苗はしていた。そして、忘れようと思っているにもかかわらず、どうしたものか、体は燃え、自分から、恥ずかしいくらいに腰を使っていた。

むろん夫は、久しぶりの営みなので美苗が燃えていると受け取っていたのだろう。〝久しぶり〟が幸いしたのかもしれなかった。というのは、エクスタシーに舞い上がっていくにつれ、美苗は夫としているというより、あのふたりに犯されているという意識が強まり、あのときみたいにまた首を絞めたりして、苦しくしてほしい、と思い始めていたからだった。

　窒息寸前のあのめくるめくエクスタシーを、また……と思っていた。思わず夫に、そうしてとせがもうとしたほどだ。ところが〝久しぶり〟の夫は、美苗が絶頂に達する前に果ててしまった。

　夫のフィニッシュを知り、美苗は自分もアクメに達したふりをした。あの男たちのことを思ってよがってしまった自分の、せめてもの謝罪のつもりだった。

　しかし、そんなふうになった自分が怖かった。何が何でもあの男たちのことは忘れようと、心に誓った。そうしないと自分がどうなってしまうかわからない、という気持ちがあったからだ。

　ただ、恐れたのは、あと一回と、ふたりが言い残していった言葉だった。それさえなければ……と思っていたのだったが――。

　何か言われていた。左の鼓膜がびりびりした。美苗はわれに返った。

「ナマでやったんかって訊いとんの！」

　中尾がわめくように言っていた。

「えっ、あっ……いえ……」

　美苗はうつむき、首を横に振った。

「何で。子供、もういらんのかい？　ひとりじゃ寂しいだろ」

「いえ……そういうわけじゃ……」

「ま、そんなこと、どっちでもいいけどな、おれたちゃ、スキンとか、そういうの、嫌いなんや。こないだかて、おれはナマで出したやろ」

突如関西訛りになった中尾が腕で腕を押してきた。

「……」

言葉を失った。エッチをされることは初めからわかっていたが、こう直接言われると、目の前が真っ暗になった。この前のときは終わって直後にビデを使うことができた。が、今日はどうなのか。拒めば、子供のことで脅される。乱暴されるのはしようのないこととして、コンドームとか、そういうものを使ってはくれないのだろうか。いや、それよりも心配なことが……。

(今日一回だけ、がまんすれば……)

美苗はそう思った。あと一回くらいは……と、この間、中尾は言ったのだ。今日、満足すれば、それで許してくれるかもしれない。

「ダンナとやって、つまらんかったろ」

中尾が手を握ってきた。拒むことはできない。夏枝に見られたらと、ひやひやである。

「おれたちのマラ知ったら、もうおしまいよ。夫婦のちまちましたオ××コなんて、つまんなくて、やる気、おきなくなっちゃうよ。おれたちのマラでもおしまいでないってのは、亜果音ぐれーのもんだもんな」

その言葉に、広畑と亜果音が声をたてて笑った。

どういう意味なのか、美苗にはわからなかった。ちらっと亜果音の顔を見たが、彼女は夏枝を見下ろしていて、表情を読むことはできなかった。

「ナカちゃん、奥さん、帰りたくないって言ったら、どうする?」

運転している松川という男が中尾に言った。

「そりゃあ、けーせねーよなあ。本人がそう望んでるんだからよお」

広畑がそう言って美苗の右足をつかみ上げた。つっかけてきたベージュ色のカジュアルシューズを脱がせ、自分の股間に乗せた。もう硬くなっているものを土踏まずで押し、乳房を揉むように、ふくらはぎを揉み始めた。それを見て、中尾も負けじとジーンズの前を開いた。そしてそこから手を入れさせられた。

「指、中に入れな。マラ、シコシコしな」

するしかないと美苗は思った。が、夏枝に見られるわけにはいかない。美苗は亜果音を見た。亜果音が美苗を見た。夏枝に見えないようにしてと、美苗は目で訴えた。

「ほーらよちよち、夏枝ちゃんはかわいいでちゅねー。ママ、何ちてるんでちゅかねー」

ところが何ということか、亜果音はそんな非情なことを言って、夏枝をこっちに向けたのである。目の前が真っ暗になった。

「何もたもたしてんのお？　子供の前でわーわー、泣きたいってのお？」

中尾が声を大きくした。美苗はあわてて指をブリーフの中に入れた。中尾のものは、半硬直状態だった。横と裏の部分が、べとべとしている。シコシコしろと言われたので、美苗はその行為をしようとした。が、その前に中尾が言った。

「どうだ。おしゃぶりしたいか。ヒロちゃんとは味が違うかしんねえぜ」

ヒロちゃんというのは広畑のことだろう。この前は無理矢理フェラチオをさせ、食道に射精したのであった。

「……」

美苗は表情を固くした。そっと触っているだけならまだしも、夏枝の見ている前で口でなんて、できるわけがない。

「おしゃぶりしたいかって訊いとんのっ。ちゃんと答えなよ。気ィ、短いって、何度も言ってんでしょー？」

「は、はい、したいです。させて……ください」

ワーッと、泣き伏したい思いだった。が、娘の手前、できない。

「あーあー、奥さんもすっかり好きもんになっちゃってー。まっ、欲求不満の人妻ってのなら、誰だってそうなるかー。仕方ねーもんなー」

さあやってくれとばかりに中尾はふんぞりかえった。

3

それに応えるように、美苗はシートからずり下りた。それだけは、何がどうあってもしなければならなかった。床にしゃがみ、中尾の股間にかがみ込んだ。

亜果音に抱かれている夏枝は、背中である。だから、こうやってすれば、娘に見られることはない。ほかのことを指示される前にと、美苗はブリーフから肉幹をえぐり出した。かぷっと、口をかぶせた。

「うっうーっ。好きもんの人妻はこれだからたまらんわ」

中尾が満足げに言って、頭を撫でてきた。「好きもん」という言葉に、美苗はいたく傷ついた。が、今はじっとがまんするしかない。

と、別の手か何かを、背中に感じた。

「ママ、いい子いい子」

後ろで亜果音が言った。

(ああ、いやっ！　やめて！)

美苗は体を固くした。手は、夏枝のである。中尾が頭を撫でているので、まねをしているのだろう。

(早く、どこかに着いて)

そう願った。どこに連れていかれるのか知らないが、そこに着いたら、夏枝は亜果音がめんどうを見るはずだ。ここでこんなことをするよりは、いい。が、そう簡単には、コトは終わりそうになかった。

「何してんのー、奥さん。ただくわえてるだけなら、子供でもできるぜ。何なら、あんたの娘におしゃぶりさせてみるかい」

中尾はそう言って、ちゃんとしたフェラチオをそそのかしたのだ。仕方がなかった。逆らえば、本当に夏枝にそれをさせかねない。美苗は深く含んだ。亀頭を口に入れただけで、息が詰まりそうな太さで、広畑のよりひと回り大きい感じである。

車が弾んだ。ペニスが喉に刺さった。

「ぐぶっ！」

鼻から強く息が出た。鼻水も一緒に出た。左唇の上にかかった。それを拭おうとしたとき、左手がつかまれた。広畑だった。

「シコシコしろっての！」

広畑が言った。ペニスを握らされた。外に出しているのである。左腕で隠すようにして、握った。必死の思いだった。見たって意味はわからないだろうが、夏枝には絶対見せたくなかった。自分がしていることを見られたくもなかった。

「ただくわえてるだけじゃ、ガキでもできるってんでしょーっ」

中尾が頭をがっしと抱え、突き上げた。ペニスが喉深く、突き刺さった。

「げふっ！」

苦悶の呻きと同時に、ぷっ！　と、おならが出てしまった。

「おっ、たまんねーなあ。美人の人妻ってのは、フェラしたりチ××しごいたりしながら屁、こくもんかねえ」

広畑がぺたぺたお尻をたたいて笑った。

「あらー、ママ、おならプープー。クチャイクチャイねー」

亜果音が夏枝に言っている。

(あー、いやっ！　あたしって、もう……)

恥ずかしさに頭が爆発しそうになった。いっそのこと車ごと爆発しちゃえば、と思った。交通事故でも起きてくれないものか。全員即死して——。

「おらおらー、ちゃんとやってくれよお」

中尾がずんずん突き上げた。ぐふぐふ呻いて耐えながらお尻に力を入れた。今度は気をつけなくちゃならない。それを見透かしたように、広畑がスカートの中に手を入れてきた。

「奥さん、しんぺーせんで、ナカちゃんのことフェラしてやんな。おれがケツ、ふさいでてやっからさ」

股を閉じかげんにして和式便器にまたがっている格好の左のヒップを撫で、指がお尻の穴をなぞった。

(あっ、いやっ！)

きゅっとすぼめた。つんつん、つついてくる。変に刺激されて、かえってまたおならが出そうだ。

「もっと気ィ入れてやってくれよ」

中尾が動きを大きくした。

「こっちも頼むよ。左手じゃやりづらいかい？　けっこう新鮮なタッチなんだけど」

恥部をなぞりながら、広畑も催促する。

実際にやりづらかった。だいいち、狭い。きゅうくつである。後ろの夏枝に見られぬようにしなければならない。そのうえ、利き腕でない左手である。が、その状態でせざるをえなかった。早くどこかに着いてと願いながら、美苗は広畑のものをしごき、顔を上下させて中尾のものを刺激した。

「手ェ使って、ヒロちゃんみたくおれのもしごいてくれよ」

中尾が言って、右手をつかんだ。美苗は言われたようにした。

「おーおー、こりゃーいいわ。なーんか、妙にイイなあ」

広畑が、パンスト越しに秘唇をくじりながら喜声をあげた。

「どう妙なんだよ」

中尾が乳房に手を伸ばしてきた。

「なんかさあ。ナカちゃんのシコシコしながらフェラして、おれ、ついでみたいじゃん。左手だし。だけどなーんか、イイわけよ。無視されてシコシコされてるみたいでさあ」

「——だとよ。もっと無視してしごいてやったら？　チ××、乱暴にこすってやれば？」

中尾がゲラゲラ笑った。

そうするつもりはなかった。今のまま続けようと思った。が、車が左にカーブして、美苗は広畑のものを引っ張ることになった。中指の爪が、亀頭のくびれに引っかかったらしい。

「ウクーッ！　てっ、てめーっ！　乱暴ったって、ほどがあらあな」

お返しとばかり、広畑が左腕に爪を立ててきた。美苗はノースリーブのブラウスを着ている。剝き出しのひじの内側に、広畑が爪を食い込ませた。鉄のような爪である。

「ギャーッ！」

と叫んだ。ただ、喉まで中尾の肉幹をくわえさせられているので、「うえーっ！」と、くぐもった叫びにしかならなかった。背中の夏枝には、だから、

〝悲鳴〟とは、聞こえなかったかもしれない。指先までビリビリ痺れた。その拍子に手を離してしまった。

「なんでえ。ちゃんとやれよなあ。おらおらおらーっ」

秘唇をつつかれた。指が一本、ショーツごと潜り込んできた。わあっ！　と思って握り直そうとしたとき、ブレーキがかかってつんのめった。

「おー、着いたか」

中尾が頭をつかみ、烈しく前後させた。げほげほとむせた。車がガクッと止まった。

夏枝が背中に落ちてきた。亀頭の肉塊が食道に突き刺さった。肉幹が脈動し、体液が食道にほとばしるのが感じられた。

4

マンションの一室だった。２ＤＫのようだ。家具らしい家具もなく、殺風景な部屋である。三人の男の誰かのだろう。入ってすぐの部屋には、小さいソファとテーブル、テレビがあった。テーブルの上には幼児向けスナックのパックが幾種類か乗っている。夏枝にと、あらかじめ用意してあったわけである。

「夏枝ちゃんはここでお姉ちゃんとおねんねしよっかあ」

亜果音がそう言って夏枝をソファに下ろした。夏枝は亜果音にだっこされて車を降りた。あやし方がうまいのか、美苗のところに来たいとも言わない。なるほど〝ベビーシッター〟であった。

「おねんね」という言葉は、男女のことを暗に言っているのかもしれなかった。美苗がそのことに気づいたとき、背中を押された。中尾だった。奥の部屋に入るようにうながしたのである。

美苗は後ろを振り向いた。夏枝がこっちを見ていた。亜果音が夏枝の手を取り、バイバイをさせた。ちょっと応え、美苗は奥の部屋に入った。

その部屋にはシングルベッドが置かれていた。部屋そのものは殺風景なのに、ピンクの布団は真新しかった。枕も枕カバーも新品のようだ。後ろで襖《ふすま》が閉められた。美苗の後から、男たち三人が入ってきていた。

「今、用意するから、まだ脱ぐんじゃないぞ。あせんなくていいからさ」

中尾が美苗の肩を抱き、笑いながら言った。美苗は肩を縮かめた。自分の口の匂いがした。中尾のものを口でさせられたまま、ティッシュで拭いてもいない。

唇を歯でしごき、唾を飲み込んだ。きれいにするには、そうでもするしかなかった。

松川が、チェストの上からビデオカメラを取り上げた。

(あ、いや……)

中尾が言った言葉の意味を、美苗は知った。美苗は中尾を見上げた。「ビデオでなんて、撮らないでください」目で、そう訴えた。

「おーし、そろそろいこうかあ」

広畑が嬉しそうに言った。美苗の首に手をかけ、

「いいかあ? 今度おれにひでーことしたら、もー許さないからな。子供と無事に帰りたかったら、そこんとこ、ちゃあんと覚えときな」

松川がチェストに腰を掛け、カメラを構えた。

「おーし、そろそろいこうかあ。OKだぜえ」

「ベッドに上がんな。色っぽくな」

中尾が言った。しゃべり方がどこか作っている。ビデオを意識してだろう。

美苗は、すぐには動かなかった。動けなかった。乱暴されるだけだったら、じっとがまんすることもできる。が、ビデオに撮られるのは、わけが違う。

（ネットで流されたら……）

そう思った。自分だけの問題ではない。何も知らない夫の目に触れるようなことがあったら……。親族に恥をかかせることになる可能性もある。夏枝の将来に、取り返しのつかない影響を及ぼすことも考えられる。

「ベッドに上がんなって言ってんの、わっかんねーのかなあ？」

中尾が左の頬をぺしぺしたたいた。音はぺしぺしだが、一打ち一打ち、左目に火が飛ぶような痛さである。

「……お願い……です」

美苗は中尾を見つめ、許しを乞うた。

「あ～？　何なの、その目はァ。上がれって言ってんの、わかんねーのかなあ？」

中尾が両方の頬をたたいた。バシッ、バシッ、バシッと、両目から火花が散った。

「おい、ナカちゃん、ほっぺた腫れてブスになったら困るじゃん。せっかくの美女なんだから。たたかれたってことがよくわかるように、かたっぽだけ張れば？」

「ン。そーか」

と中尾が言った瞬間、左の頬が歪んで美苗は引っ繰り返った。ベッドにあおむけに落ちてから、思いきりたたかれたことを知った。一拍置いて、熱湯を浴びせられたような激痛が生じた。

「どうだい。お好みならもう一発、いこうか？　痛いことされんの、好きなんだろ？」

ノースリーブブラウスの襟首を、中尾が引っ張った。ブラウスは伸びたが、美苗は十センチも浮かない。それでイラついたのか、また同じところをたたいた。

「お願いですーっ。お願いですから、たたかないでくださいっ」

両手で顔をおおい、美苗は悲鳴をあげた。

「手、どけな」

ドスのきいた声で中尾が言った。ゾオッとするものがあった。ついに本性を現した、という感じだった。マスクはいいが、目が暗く、冷たい印象である。

美苗は体をこわばらせた。手は離さなかった。離せなかった。何をされるかわからない。

「言ったらすぐそのとおりにしなよ。同じこと何度も言うの嫌いなわけ。ンじゃないと、顔中タバコ押しつけて、表歩けない顔にしてやっぞ？」

美苗はぱっと手を離した。目はつぶったままである。二秒か三秒か、たった。が、中尾は何もしてこない。といって、怖くて、目を開けることはできない。そのままさらに二、三秒、たった。

と、キスをされた。ドキッ！　とした。これはいったい……と思ったとき、口が離れた。

「たまんねーなあ、もーっ！　人妻の口ってよ。フェラもキスもよ！」

中尾が上機嫌で言った。

「ダンナとは、毎日キス、してんのかい。行ってらっしゃーいとか、あなた〜ん、お帰りなさーい、とか、オ××コのときとかさ」

「……い、いえ……」

と、美苗は答えた。毎日はしない。が、たとえ毎日しているとしても、「はい」とは言えなかった。何か、ここの全員とキスさせられるような気がしたからだ。

「亭主なんかとは、もうしないか。だけど、娘とは、すんじゃないのかい？」

「……」

とっさには答えが出なかった。することは、ある。が、夏枝とのキスを、普通のキスと言っていいのかどうか……。夏枝となら、夫だってする。

「どうだって訊いてんのっ。ちゃんと答えなよ。イライラするやっちゃなー」

中尾がほっぺたに手をかけ、絞った。口がとがって、タコのようになった。

「唾、落ちないうちに答えな。好きなら飲ましてもいいけどね」

口の二十センチぐらい上で、中尾も口をとがらせ、唾をしたたらせようとする。

「しっし！　しますっ！」

タコ口のまま、大あわてで美苗は答えた。

「ほーら、ちゃんと答えられるじゃない……」

と言い、中尾がそのままの口の形をしている。下唇の左三分の一くらいのところから、今にも唾が垂れようとしている。透明な唾液ではない。粒々に泡立った、吐き気を催しそうな唾である。

（あっあ……あっ……）

美苗は顔をどかそうとした。が、中尾がしっかり押さえている。唾が長ーく伸びて、「アッ、いやっ！」と思ったとき、うまく力が入った。顔をいくらか左にずらすことができた。唾は、右の頬に落ちるはずだった。ところが落下直前、中尾も顔をずらしていた。

（わあっ！）

美苗は目を閉じた。口もきつく閉じた。閉じた口を、ねとーっと、熱い体液がおおった。

(いやいやっ！　きたなーい！)

ゲェーッとなった。

「目、開けな」

中尾が命じた。美苗はその言葉に従った。目を開けても何も見えない。唇をべっとりおおっているものをどうにか……と、そのことだけに全神経を集めている。

「あ、と言ってみな。大きく口開けてだよ」

「……」

美苗は中尾を見た。

(お願いです。それだけは許してください。ほかのことは何でもしますから。唾は……)

「言ってる意味がわかんないのかなー？」

「娘っこ連れてきて、カメラの前でおれのザーメン飲ましてみっか」

そばで見ていた広畑が言った。

「そのほうがはえーか。疲れちまうぜ、この奥様はよお。おんなじこと何回も言わなくちゃなんねーんだもん」

「ホイホイー」

広畑が隣の部屋に向かった。

「あっ、はいっ！　言います言います！」

言っている途中から、ぬらぬらした唾液が唇の裏側に流れ込んできた。頭がぼわ～んとなった。中尾の唾を歯と歯茎に感じた。頭の芯がどろーっとなって涙が滲んだ。

5

「どうだい。おれの唾は。ああ？　うまいかい」

中尾が下の歯と唇の間に新たな唾液を溜め、美苗の顔の真上で言った。

「あ……え……」

どう答えてよいものやら、美苗はとまどった。イエスと言えばまた垂らしてくるだろう。ノーと言えば言ったで、同じ結果が待ち構えているだろう。それも、悪い付録つきで。

「うまいかうまくないかって訊いてんだっての」

「あっ、お……おいしい、です」

泣きたくなった。が、泣いたってどうしたって、この男たちにとっては面白おかしいだけだろう。美苗は、ぐっとこらえた。

「じゃあ、もっと飲ましてやっから、口、開けな」

「……」

涙が、あふれそうになった。

「聞こえなかったかい？　聞こえるようにしてやろうか？」

美苗は口を開けた。喉を閉めた。そうすることで、嫌悪感と吐き気を、少しでもやわらげることができるように思った。

中尾が、数センチ上に口を近づけた。すぼめた赤紫色の口の真ん中に、穴ができた。どこか、肛門を連想させた。目を、きつくつぶった。喉に爪が刺さった。骨にまで響いた。目を開けた。口を見た。喉の手が離れた。

赤い穴から、とろーっと、透明な唾液が垂れた。目をつぶったらひどいことをされる。喉をきっちり閉め、息を止めるのが、精いっぱいの抵抗だった。

舌のまん中に、てろーっと、ゆるい水あめみたいに落ちた。とろとろ、喉まで流れた。水あめが一段落したと思ったら、今度は泡粒の唾だった。ゾゾーッと鳥肌立った。喉に爪が立てられた。飲め、というのだろう。仕方なかった。美苗は飲み込んだ。

じゅぶじゅぶと、中尾があぶく唾を落とした。下唇に落ち、口の中に流れ込んできた。泡粒が、舌の付け根を這って喉に向かってくる。吐きそうになった。必死の思いで飲み込んだ。

「人妻としちゃあ、唾とザーメンと、飲むのは、どっちがいい？」

「……」

早く答えなくちゃ、と思いながら、とっさには言葉は出ない。

「またてこずらせようってのかい。ひょっとしてアンタ、おれたちのこと、おちょくっとんじゃないのかい？　一回オ××コしたからって、甘いこと考えたりしたら、ただじゃすまないことになるかもしれないぜ？」

「いっ、いえ……そんな……」

「じゃあ、おれが訊いたらすぐに答えなよ。これからずっとだぜ。いいな？」

「は……はい……」

「すぐ、歯切れよく答えろっての」

「はいっ!」

美苗は子供のように答えた。

「行動も、てきぱきとやんな」

「は、はい」

「よし、カメラに向かって脱ぎな。全部だ」

中尾が離れた。広畑がひゅーひゅーと囃《はや》した。チェストに腰掛けてビデオカメラを構えている松川が、ごくりと喉を鳴らした。

美苗はベッドに起き上がった。ノースリーブブラウスの前ボタンを外した。さらにブラウスを脱ぎ、スカートのフックを外す。

「膝立てて、見せながら脱いでみい」

広畑がメガネをキラリと光らせて言った。見せながらというのは、股の奥がカメラに見えるように、という意味だろう。美苗は松川の方に足を向けた。ファスナーを下ろした。横座りに近い格好になっている。そのままでは脱ぐことはできない。正座になり、腰を浮かした。

「大事なとこ、見えねーぞお」

と、松川が言った。

「ケツ落として、膝、立てんだよ」

広畑がベッド脇にしゃがんだ。美苗は言われたようにした。モカブラウンのパンストのいちばん奥が、松川の目にまともに見えたはずである。両手でスカートを下ろすことができないので、美苗は右、左と、スカートのヒップを剝《む》いた。

「なーんか、いい匂い、すんなあ。奥さん、もう濡れ濡れにしてんじゃないのかい？　オ××コ。奥さんて、すぐそうなるんだから」

しゃがんで見守っている広畑が、バランスを崩したのか、メガネを布団にぶつけた。それを直しながら、

「さっき車でいじったときも、何かぬるぬるしてたもんなあ」

「おれのチ××、うまかったんだろ。もういいって言うのに、ちゅーちゅー、しつこく吸うんだもんなー。イクまで、離そうとしないんだもん。出させられちゃったよお、結局」

中尾が眉をしかめて股間を押さえた。ふたりがゲラゲラ、笑い声をたてた。

美苗は、スカートを足から抜いた。パンストのウエストを下ろして、スカートと同じようにしてずり下げた。パンストだけずり下げたつもりだったが、ショー

ツも一緒に下がっていた。

美苗がそれに気づいたのは、パンストを膝のところまで脱いだときだった。クリーム色のショーツが帯状になって、股の付け根に引っかかっている。膝を立てているので、カメラには、その下の恥ずかしい女の部分と肛門あたりが見えているはずだった。思わず、腿をすぼめた。

「逆でしょー、脚ィ。股、広げるんだよお」

松川が言った。先にパンストを脱いでしまおうと、美苗は思った。そのほうが、恥ずかしさは少ない。ぐいと、広畑に手をつかまれた。

「マツが何か言わなかったかい?」

美苗は膝を開いた。二十度ぐらいである。

「もうちょっと開くのが、カシコイ女ってもんじゃないかい?」

広畑が言った。美苗は四十度ぐらいに開いた。

「もっと開いたほうがいいって思うよ。痛い目にあいたくなきゃあね。ガバーッと」

広畑が膝に手を当て、百二十度ぐらいに開いた。広畑側の右膝のパンストが、すねのほうに滑った。ショーツが細い紐みたいになった。

「いいアングルいいアングル。オ××コ、モロ見えー」

松川が嬉しそうに言った。

「ほーほー、なるほどねえ。便器の中から覗いてるみたいな感じだな、こりゃあ」

中尾が足元に回って口調を合わせた。

「ナカちゃん、あとでこいつの黄金水、顔にかけてもらえば？」

「バカ言え。逆だろが。おれがおしゃぶりさせて、ごくごく、飲ませんのよっ」

「またションベン、全部飲ますってんですか？　ナカちゃんも好きなんだからあ」

松川のその言葉に、美苗は目の前が真っ暗になった。唾のほうがどれだけいいことか。

「よーし、脱ぎな。パンティもだぞ」

広畑が言った。美苗は立てた膝を開いたままショーツをずらした。パンストとショーツを、足から抜き取った。それから命じられて、残っているブラジャーを取った。全裸で股を開いたまま、カメラを見させられた。

「名前と歳と家族構成を言いな。フルネームだぞ」

ベッドの脚のところで立ち上がった中尾が言った。

「……」

美苗は中尾を見た。

「どこ見てんの。カメラを見て、ナカちゃんが言ったこと、言うの」

すぐそばで広畑が言った。仕方がなかった。いかなる恥辱にも耐えなくてはならなかった。隣の部屋にいる夏枝に危害が及ぶのだけは、死んでも阻止しなければならなかった。

美苗は言った。

「小山内《おさない》美苗、二十五歳。夫と娘がひとり、います」

「夫と娘の歳は？」

中尾が言った。

「夫は三十一歳、娘は九カ月です」

「んーっ！　いーねーいーねー、ゾクゾクすんなあ、もおっ！」

中尾が、頭を掻きむしって叫んだ。

第三章　恥液まみれ

1

「じゃあ奥さん、いつもこっそりやってること、シテもらおうかな」

中尾が言って、美苗のそばにきた。垂らした右手の手首をぷるぷるさせている。少しでも気に食わないことをしたら、すかさずその手が飛んできそうだ。

「……こっそりって……」

肩をすくめて美苗は言った。いつたたかれてもいいように、体を強ばらせた。

「あんたならとっくにわかっててんじゃないかい？」

中尾の右手が動いた。おでこをバシッとたたかれた。

「キャッ！」

ベッドに引っ繰り返った。両脚が、赤ん坊のように跳ね上がった。あわてて裸の恥部を手で隠した。

「脚、伸ばしな。そろえてまっすぐに」

中尾が言った。右手でデルタを隠したまま、美苗は言いつけに従った。

「手のひらじゃなくて、指でやんなくちゃだめだろー。てこずらすんじゃないよ」

「あ、あの……何を……」

当然わかっていた。が、訊かないわけにはいかなかった。

「その、ナニだよ。オナニー、いつもやってんでしょーが」

「……そんな……」

「ほんとに怒るぜ？　こないだだってオナってたじゃないか」

「……」

美苗は顔を伏せた。否定はできなかった。

「まず、脚、伸ばしてやんな。それって、おれ、個人的にも好きなんだ」

中尾が卑下《ひげ》したように笑った。広畑と松川がククッと含み笑いをした。美苗は陰阜《いんぷ》にかぶせていた手をずらした。言うなりになるよりなかった。恥毛の真ん中におずおずと中指を沈ませる。

「クリちゃん、くりくり、こすんな。ちゃんとおケケ、ぷるぷる震えるようにだぜ？　それがおれ、好きなわけよ」

美苗はそのとおりにした。頭では何も考えないようにしている。

「も少し速く動かしなよ。いつもやってるようにすりゃいいじゃないか。何も難しいこたあ、ないじゃん」

「ひょっとしてナカちゃん、こいつは股、広げてオナるのが好きなのかもしんないぜ？」

中尾とならんで美苗を見下ろし、広畑が言った。

「――ってかい。えっ？　あんた、どうなんだよ」

「……」

美苗は何と答えてよいものやらわからず、中尾を見上げた。そのことに注意がいって、手の動きを止めていた。

「誰がやめろって言った！」

中尾がイライラした声を張りあげた。

「オナニー、好きなんだろーが！」

「えっ……は、はい……」

あわてて答え、美苗は指を動かした。快感も何もない。あるのは恐怖心と、一刻も早い解放への欲求である。

「好きならいつもやってるようにやりゃいいだろーが。それともかわいい娘のオ××コにチ××突っ込むの、見たいかい？」

「いっ、いえっ！……」

美苗は荒っぽく指を動かした。中指と薬指でクリトリスをこすった。少しでも〝さま〟になってくれればいいと願った。

「ほー、あんたはダンナの目を盗んで一人エッチするとき、二本指でそうするわけか」

「……」

そうです、という目で、美苗は中尾を見た。

「じゃあ、それで、感じてるってわけだな？」

中尾が美苗の顔を覗き込んだ。

（困ったわ……）

と美苗は思った。感じているとするなら、体にそれなりの証拠が認められるはずである。が、体は冷えたままである。中尾にそこを攻められたら……。

「どう思う？　ヒロちゃん」

ニヤリと笑って中尾が言った。

「さーなあ。ちょっと見てみなくちゃ、わかんねーなあ。オ××コ。こないだは
ぬるぬるになってたけどさ」

広畑はそう言うが早いか、美苗の膝に手をかけてきた。ぐいと、広げられた。

「手、どけな」

両膝の下に手を回し、広畑が美苗を赤ん坊のおむつ替えの格好にした。

「どうかな、マツ、オ××コ、ぬめぬめ光ってるか？」

自分でも見えるはずなのに、カメラを構えている松川に言った。

「あー。ぬめぬめしてるけど、本気汁じゃねーみてえだよ」

「だってよ。しょーねーなあ」

広畑がベッドを離れた。松川が腰掛けているチェストの引き出しから、何かを
取り出した。

（ああ、もう、いや……）

美苗は絶望的に思った。それが何かはわからなかったが、自分にとって都合のよいものとは、とうてい考えられなかった。

「あんたも早いとこやって、ダンナ帰ってくる前に帰んなくちゃなんないんだろ？」

広畑がそばにやってきた。

2

（あっ……）

広畑が手にしているものを見て、美苗は声をあげそうになった。白いバイブレーターだった。大きい。太い。ぎゅーんと反り返っている。

「股、開きな」

広畑がバイブをそそり立て、スイッチのコードをたぐった。

「はよやんなよ。テープ、終わっちゃうじゃないか」

中尾がそばで声を荒げた。股は開いていたが、美苗は中尾の気持ちを逆撫でしないよう、膝を寝かせて内腿をさらした。

「やっぱりクリちゃん、感じんのかい」

広畑がスイッチを入れた。ビビビーッと、高い音がたった。クリトリス用のバイブレーターが動き始めたのだろう。エッチビデオでは見たことがあるが、実際に見たことは、ない。

「動くんじゃないぞ」

広畑がバイブを持ち替えた。親指みたいな突起をこっち側に向けて近づけた。

美苗は表情を引き締めた。ビデオの女のようには、めろめろになりたくなかった。不特定多数の男たちに見られたくない。名前を言ってしまったし……。

ヘアがそよいだ。

「あっ……」

声が出た。茂みがさわさわしただけで、恥骨の奥に微妙な感覚が生じたのだ。と、クリトリスに火花が散った。

「アアッ！」

膝を跳ねさせた。右膝が、スイッチを持っている広畑の左手に当たった。スイッチボックスが飛んだ。広畑がベッドからそれを黙って拾った。

またたたかれるのか、と美苗は思った。

が、広畑は何もしてこなかった。狂気一歩手前の目つきで、バイブを押しつけている。

ビリビリビリと、クリトリスが痺れた。お尻の穴がくすぐったくなった。掻きむしりたいかゆさである。クリトリスに与えられる刺激が、アヌスにまで及んでいる。アッと思って顔を引き締めた。あごと喉を突き出して、大きく口を開けていた。広畑がデルタの肉を広くつかんだ。肉をまん中に寄せた。バイブを押しつけた。ビリビリ震える突起が肉に潜り込んできた。

「あああっ……」

そうするつもりもなく、喘ぎ声をあげている。あごをのけ反らせ、口を開けている。美苗はあごを引き、口を閉じた。広畑が秘唇を押し込んだ。クリトリスを剝き出しにした。突起を接触させた。

クリトリスが快感の火花に見舞われた。秘唇全体が痺れた。

「あ、あ～っ！」

美苗は声をあげた。口を閉じようとしてもできない。そうさせない力の方が強い。あごだって、引くことはできない。いや、どんどんのけ反っていく。肩も上がっていく。胸もせり上がっていく。爪が痛くなるほどシーツを、わしづかみにしていた。

広畑がバイブを小刻みに動かした。クリトリスがぐりぐりになった。小陰唇も性器の中もぐにぐにした。膣の入り口に震動が伝わった。アヌスがぶるぶる震えた。美苗は腿をすぼめた。快感が強すぎて、開いていられない。

「股、開きな」

広畑が言った。美苗は言われるとおりにしようと思った。が、できなかった。ビリビリ震動がきつくて、閉じずにはいられないのだ。

「閉じるなっての！　言ってることがわからんのお？」

右の内腿がパシッとたたかれた。

「ヒイッ！」

爪先までまっすぐ伸ばした。どうしてもそうなってしまう。

「閉じるなって言ってんだろがあ！」

バシバシバシと、同じ箇所がぶたれた。

「はっは……はいっ……」

必死の思いで美苗は股を開いた。バイブレーターがクリトリスに強く押しつけられた。

「あっく……く、う……う……」

快感突起がバチバチ、火花を散らした。粘膜の奥がぬるぬるし始めた。体液が滲み出してきたようだ。バイブの音が二倍になった。その瞬間、数倍の刺激が敏感な肉粒を襲った。「ああ〜っ！　あっあ！　あ〜〜っ！」

腰がうねった。恥骨が上下した。自分ではどうコントロールすることもできない反応だった。「どうだい。感じるかい。バイブ、好きかい」

広畑がぐりぐり、左右にえぐった。痛いくらいの快感に見舞われた。恥骨が弾んだ。

このままでは恥ずかしくて死んでしまう、と思った。

「いやっ、いやです！」

美苗は広畑の手を押さえた。性具をごりごり動かしている手を押しやろうとした。が、うまくできない。手に、思うように力が入らない。体を逃がした。左側に腰をひねった。バイブレーターが外れた。

「なにすんの？　素直によがってればいいじゃんよお」

広畑が体を引き戻した。あおむけにされた。美苗は両脚をそろえ、膝を曲げた。

「もーっ。またてこずらせようってのかな？」

広畑が、曲げた膝を裏側から抱え込んだ。いわゆるエビ固めにされた。

（いけないっ！）

と美苗は思った。お尻の穴が、ビデオにまともに写ってしまう。思いきり脚を伸ばした。広畑の頭が、脚の下敷きになった。美苗は跳ね起きた。

「お願いです。お願いですからこういうの、やめてくださいっ！」

美苗はベッドサイドの中尾に訴えた。

「ンにゃろおー！」

広畑が体勢を立て直し、怒鳴った。ビービー唸っているバイブレーターの本体で、右の乳房をなぐった。

「こういうの、ってのは、どういうのだ？」

中尾が静かな声で言った。美苗と広畑のことにはまるで関心がないような感じである。

「こういう……モノです」

美苗は乳房を抱き、バイブを目で示した。

「何でだ？　好きだろ？　嫌いな女はいねえはずだぞ。とくに人妻だったらさ」

「……」

美苗はかぶりを振り、否定した。

「ダンナいねえとき、自分で愉しんでるはずだけどな」

「……」

美苗はかぶりを振った。

「いやか。こういうモノは」

「……はい。ほんとにお願いします」

「よお、ヒロちゃん、お願いだってさ。美人の人妻に頼まれた日にゃ、やってやんなくちゃなんないんじゃない？」

と言うなり、中尾が手を伸ばしてきた。ゆっくりした動作だった。だからといって逃げることはできない。右の二の腕と首をつかまれた。そのままあおむけにされた。まったく、有無を言わさぬ力で、男というものをまざまざと知らされる思いだった。

喉を押さえつけられたまま、両膝をすくわれた。ぐうーっと、上に回された。

さっきと同じ体位にされた。

「あっあっ！　いやっ！」

脚をばたつかせた。が、もはやどうにもならない。カメラにアヌスをまともに見られ、おむつ替えの格好にさせられている。

「もうじたばたすんじゃないぞ。ヒロちゃんがいいことしてくれるっていうからさ」

顔のすぐ上で言い、中尾が両膝を顔の脇に押しつけた。苦しい。満足に息もできない。呼吸を確保するのに精いっぱいだ。

「こうかい。このほうがいいかい」

膝の手を滑らせ、中尾が足首をつかんだ。足の甲と爪先がシーツに沈んだ。お尻が、完全に上を向いた。

「自分でもこんなことしてオナること、あんでしょ。え？　毎日ってかい」

「……」

美苗はやっとの動きで否定した。

「そうか？　いいかげん素直にならんくちゃ、こうだぞ？」

とろとろーと、中尾が鼻の穴に唾を落としてきた。息を吸うところだった。気管まで吸い込んだ。ゲホゲホ咳き込んでいるといきなり恥辱が襲われた。咳き込みながら美苗は悲鳴をあげた。

3

天井を向いている秘唇に、いきなりバイブレーターを挿し込まれた。ずぶずぶ出し入れされた。えぐられた。強い震動を続けている突起が、クリトリスに当たったり花弁をこすったりアヌスを刺激したりする。

そのさまをまともに撮られている。絶望的に恥ずかしかった。が、体は引っ繰り返しにされている。両足は頭の両脇に押しつけられている。どうにもできない。

「奥さん、クリとアナル、どっち好き。両方かい」

訊きながら、中尾が脚を押さえるのを片手に変えた。空いた手で、腿の間から右の乳房をほじくり出した。爪が乳首を引っ搔いて、美苗は悲鳴をあげた。が、次の瞬間、絶叫していた。中尾が乳首をキリキリ、爪で挾んだからだ。

「おれが気ィ短いの、知ってんだろ？　もう何回も言ってんだから。答えな」

「えっ？　あっ……」

何かを訊かれていたか、と思った。そうだ。クリトリスとあと、どこだったか……。

「どっちなんだってての！　両方か？」

「あっ、あ……はっ、はい」

わけもわからず、美苗は返事をしていた。

「ックーッ！　よー言うわ、さすが人妻だねえ」

中尾が離れた。脚が自由になった。伸ばそうと思った。押さえられていないのだから、伸ばしてもいいはずだ。恐る恐る、そうした。伸ばせたのは左だけだった。右は、バイブレーターを抜き差ししている広畑の体に邪魔されて、無理だ。片脚を上げた変な格好で、バイブを使われている。

「くねくねさせるか？　自分でするかい」

広畑が言った。くねくね、というのは、模造ペニスの方のスイッチを入れる、という意味だろうか。

「……お願いです……もう、許してください」

目でも訴えかけ、美苗は哀願した。

「質問に答えなくちゃ、痛いことになるぞ？　いいのか？　おれが言ってんのは、くねくねさせるか、自分でするか、ってことだ」

黙っていてはまた悲鳴をあげることになるだけだった。美苗は言った。

「あの……前の……ほう……」

「あ～ん、前のほう？　前って何だよ。クリちゃんのことか？」

「いえ……あの……自分で、じゃない、ってことです」

「バイブ、くねくねさせてくれっていうのか？」

「……は、い……」

そう答えるのは死ぬほど情けなかったが、自分でしているところをビデオに撮られ、知らない人間たちに見られるのは、耐え難かった。くねくねだろうが何だろうが、人に無理矢理されるのであれば話は違う。

「この若奥様は、よっぽどバイブ、好きなんだぜ。くねりくねりやってくれって、自分から言ってくるんだから」

広畑が松川に笑って言った。

「いーんじゃないのお？　気持ちいいのは、人間、誰だって好きだもの」

「そっかー。この若奥様は、正直なんだなあ。それじゃ、ご要望にお応えして」

と広畑が言うが早いか体内の模造ペニスが暴れだした。ジィーワンジィーワン……。くぐもった音がたった。

「あっあっ、いやあー！」

大声をあげ、美苗は体を跳ねさせた。初体験のバイブレーターだった。衝撃が強すぎた。広畑の肩にかかっていた右脚を、思いきり伸ばしていた。左脚は弾ませていた。

「うわあっ!」

広畑が内にこもった叫びをあげた。顔が、美苗の左膝と右腿に挟まれたらしかった。ハッとして、美苗は脚の力をゆるめた。

「てめーっ! 何度も何度も……。ナメとんのか?」

美苗の右脚をどさりとベッドに落とし、広畑が真っ赤な顔を上げた。フレームレスのメガネがずれている。左膝で蹴ったようだ。

「すっ! すみません。だけど……」

「だけど何だい。言ってみな。場合によっちゃ許してくれるかしんないぞ? ヒロちゃん、これで案外やさしい男だから」

松川が腰掛けているチェストのところから中尾が戻ってきて、にやにやしながら言った。手に何か持っている。

「あ、あの……あたし、そんなことするつもりでしたんじゃ、ありません」

美苗は中尾を見上げて言った。

「そんなことって、どんなことだい。こんなことか?」

中尾が、右手に持っていたものを左手に持ち替え、右手でバイブレーターをつかんだ。あっ、と思った。くぐもった音をたてて膣でくねっている性具のことを忘れていた。中尾がぐうーっと、挿し込んできた。膣襞がぐにぐにに、かき回された。

「あっ！　ああっ、やめてくださいっ！」

美苗は必死の思いで叫んだ。今の今まで知らなかった感覚だった。指でもペニスでも、されたことはない。指とバイブレーターとでは太さが違いすぎる。夫のペニスは、こんな回転運動なんかしない。それなのに中尾は、手でもぐにぐに、バイブを動かすのだ。

「ああーっ！　だめですだめです、やめてくださあい！」

「あんたにだめだのやめろだの言われる筋合いはないいっての」

中尾がぐにぐにを繰り返した。

「おれもあんたに顔面ケリ入れられたりする覚え、ないけどな。それも一度や二度じゃねえんだからよ」

広畑が言い、美苗の股を大きく広げさせた。

「こっちやるか？　ヒロちゃん」

中尾が言った。何のことか、美苗にはわからなかった。

「おお、面白そうだな。おれ、そっち、取りー」

広畑が嬉しそうな声を出した。中尾から何か受け取ったらしかった。が、美苗には見えなかった。中尾が美苗の両足首を押さえ、さっきと同じ体位にさせた。中尾が片手で足を押さえ、バイブレーターを操った。強いピストンである。回転も加えられている。

「まー、いっぱいマン汁出す女の人だこと」

中尾が笑った。本心から感心した笑いに聞こえた。

「ほーら流せ。ほーら、どんどん流せ。いっくらでも出てくるって」

指が秘唇と会陰をなぞった。前から後ろになぞっている。

「あっ、いやっ！　いやです！」

美苗はゾオッとした。お尻の方をどうにかしようとしているのである。そうだ、中尾が言っていたのだ。クリトリスと肛門の両方……。

「いっ、いやっ！　やめてくださいっ！」

体を伸ばそうとした。が、いきむことしかできない。天井に向けられているヒップをすぼめようと思った。が、五ミリだって動かせない。肛門が潤んだ。体液を塗られたのである。生々しい感覚だった。ひくひくするのが自分の目に見えるようだ。

と、そこに何かがつけられた。同時に肛門粘膜が広がった。

「いやあーっ！」

美苗は絶叫し、全身をこわばらせた。肛門粘膜だけ、ふにゃふにゃしているように思える。

4

粘膜を押し分け、何かが入ってきた。ゾゾーッとする悪寒が背筋を走る。

「いやっいやっ、いやです。やめてくださいっ！」

脚をばたつかせて抵抗しようとしても、できない。上を向いているヒップをくねらせるのがせいぜいである。手は、いくらか自由になる。やめさせることは無理でも、その部分に手をやることぐらいはできそうだった。

美苗は、右手を後ろ側からそこに這わせた。肛門に入っているものに、指が触った。棒のようだった。それをお尻に入れるのが好きかどうかと、さっき中尾は訊いたのだろう。

「何だよ、自分ですんのはいやだの何の言って、結局は自分でやりたいってのかい」

広畑が言って、それに美苗の指を巻きつけた。

「ちっ、違います！」

美苗は手を引っ込めようとした。

「何も遠慮することはないって。気持ちいいことはいいことなんだから」

バイブレーターを操っている中尾が手を離し、美苗の手をつかんだ。

「あんたが自分でやんだぞ？　いいか？　あんたがそうしようとしたんだからさ」

中尾が、バイブレーターを放棄したのか、両足首を押さえて頭のほうに移動した。体内深く挿入されているバイブレーターは、はずれることなく勝手にくねっている。くねり具合によって、震動体がクリトリスを刺激する。

「苦しいかい。これぐらいだったらどう？」

中尾が、美苗の脚をシーツから浮かした。美苗は大きく息を吸った。空気がいっぱい、肺に入ってきた。息を吐いた。体のすみずみまで、新鮮な酸素が染み渡った。少しだけ、中尾に感謝した。

もう一度深呼吸しようとしたとき、中尾が股間を顔に落としてきた。息を吐いたところだった。体中の酸素が一瞬にしてなくなった。数秒で窒息すると思った。自由な左手で中尾の腰を浮かそうとした。そうしないと本当に死ぬと思った。押したのは、ジーンズの前を膨らませている男性器だった。

「おいおい！　バイブとアナル棒だけじゃ足りねーってのかい？」

笑いながら中尾が腰を浮かした。美苗は死にもの狂いで息を吸った。呼吸を確保するために、口と鼻を手でおおう。右手も戻し、左手に重ねた。

「このお手々はここじゃないだろっての。あんたの大好きなもの、出しな。いいかい？　ちゃんとやるんだぞ？」

中尾が顔の上に膝立ちになり、美苗の両手を引っ張った。ジーンズのベルトに触らせた。脱がせろと言っているのである。

仕方がなかった。美苗は何度かしくじってベルトを外した。ボタンを外し、ファスナーを開いた。ジーンズがするすると落ちた。黄ばんだ白いブリーフが恐ろしいくらい突っ張っている。顔の上のものを反対向きで見ているので、いっそうインパクトが強いのだろう。

「これだけじゃ何もできないでしょーが。イライラさせないでくれよ」

中尾の声に、美苗はブリーフのウエストを引っ張った。横だけが、いくらか下がった。ヒップのほうを引っ張った。するっと脱げた。お尻の穴を激震が襲う。肛門粘膜がびりびり、烈しく震えた。

「わあ～っ！　いやっ、ああっ！」

両脚を暴れさせた。が、中尾が両足首をつかんでいるので、腿をうねらせたにすぎなかった。その動きで、秘穴でくねっているバイブレーターが抜け出た。

「アナルバイブは初体験かい。あんた二十五歳っていったっけ？　二十五歳じゃ遅いかもなあ。いい初体験させてもらってんじゃん」

広畑が、よだれを垂らしそうな口調で言った。スイッチを入れた肛門用のバイブレーターをリズミカルにスライドさせる。肛門とその近くはきついバイブレーションを感じる。中の直腸のほうはくすぐったい感覚である。が、反応はむしろ、子宮に強い。

「ああっ、いやっ、あっ、いやあっ……」

口から出る言葉はそうだった。が、心の中では、「ああっ、変っ」と言っている。

確かに感覚としては、〝変〟だった。モノが出ていく一方の器官に、異物が出たり入ったりしている。それも、荒っぽさと精妙さのないまぜになった、何とも言いようのないバイブレーションも与えてくる。性器用のバイブレーターの震動よりいくらかウエットな感じがするのは、受ける器官のほうの理由だろうか。

「あとはどうしたの。物事は途中でやめるもんじゃないぞ」

中尾に、膝で右こめかみを蹴られた。顔が左を向き、そっちの膝に鼻がぶつかった。かなりの衝撃だったはずだが、鼻もこめかみも、たいして痛みを感じなかった。

「はっはい！　すみません！」

美苗はあわててブリーフの前を引っ張った。ブリーフが下がり、股間に隙間ができた。黒々とした陰毛とジャガイモみたいな袋が見えた。が、ペニスはぴくともしない。三回、引っ張った。ブリーフが紐のようになった。それでも脱げない。

「ンもー！　ちゃんと引っ張れよおっ。やる気あんのお？」

中尾が腰を落とした。ジャガイモと肉幹が鼻と口にかぶさった。美苗はあごのほうに引っ張った。ビチン！　と反応があって、やっとのことペニスを剝き出すのに成功した。

「ずーっと下げな」

顔をまたいで膝立ちになり、中尾が命じた。美苗はジーンズとブリーフを膝まで下ろした。

「全部だぞ。ちゃんと脱がしな」

中尾が美苗の右脚を浮かした。右脚を抜き、左脚も抜いた。

「さあ、さっきの続きだ。途中でやめんのは体によくないからな」

中尾がまた腰を落としてきた。ねばねばしたペニスが鼻と口に押しつけられた。精液の匂いがすごい。さっきの続きというのは、来るときの車の中でのことを言っているのだろうか。が、さっきは最後までしたのだ。喉にどくどく射精したのである。

広畑が、アナルバイブレーターをぐるぐる回した。粘膜がかくはんされた。

「あああっ！　いやっ、やめてっ！」

両手をそこにやった。バイブをつかんで動きを止めようとした。

「くわえろって言ってんのがわかんないのお？」

中尾が美苗の股を押し広げた。ほとんど百八十度の開脚である。死にそうに苦しい。泣く泣く美苗は股間から手を戻し、中尾のモノに指を添えた。

5

言われたとおり口に含もうとした。が、無理である。中尾は顔をまたぐ格好をしている。それでなくても肉幹はおなかのほうを向いている。あごを突き出しても、舌を伸ばしても、できない。精液と汗と粘液の匂いがきつく、鼻をつく。車でフェラチオした自分自身の唾液が、恥ずかしい匂いに変化している。

「何やってんのお、あんたおれをおちょくっとんのか？　こうだろ、こう」

中尾が体位を変えた。ペニスが右横にずれた。美苗は顔を倒し、大口を開けた。中尾がぐいっと突っ込んできた。一気に喉まではまり、グエッ！　と、吐きそうになった。

「きっちりくわえて。舌をからめて」

中尾が勝ち誇った口調で言う。美苗は舌をからめて、唇に力を入れた。ペニスの角度が変わり、舌の付け根を押しつけた。グエッ！　となった。涙がこぼれた。

「よーし、手ェ、オ××コにやんな」

中尾が、美苗の両手を下腹部にほおった。広畑が出し入れしているアナルバイブをどかすとか、してもよいのかと思った。が、当然そんなことはないわけだった。広畑が右手にアナルバイブを握らせた。

「いいかい、自分が気持ちいいようにやんな。いいかげんなことしたら、ただじゃすまないかしんないぞ」

広畑が手を離した。震動が大きくなった。指だけでなく、手首まで痺れた。しかし、そっちにばかり気を取られているわけにはいかなかった。中尾が顔を抱え、腰を使い出したからである。

口というよりは、喉を使ってフェラチオさせられている感じだった。ゲホゲホむせそうになった。が、咳き込むこともできない。口がぴっちりふさがれているからだ。目を白黒させて耐えるのが精いっぱいである。

「おらー、ちゃんとやれってんの。アナルセックスのほうがいいんか？　チ××、ぶち込もうかあ？」

広畑が怒鳴った。美苗はあわてて棒を抜き差しした。肛門の入り口から二センチぐらいの感じだ。

「もっと中に入れな。ずぶーって根元まではめるんだよ」

広畑が手を貸してきた。ぬるぬるぬるぬると、直腸深く潜り込んだ。直腸粘膜と子宮の裏側がビリビリした。

（あああ！……）

思わずのけ反りそうになった。異様な官能を知った気がした。

「ピストンさせな。今の状態と、抜けるぎりぎりまでで、やんな」

おっかなびっくり、美苗は指示に従った。膣じゃないのに、意外となめらかだった。性器から流れた愛液のせいなのか。ヒップは相変わらず上を向かされている。それでピストンがやりやすいのかもしれない。まっすぐ脚を伸ばしていたのでは、たぶんこうはできない。

広畑に左手をつかまれた。性器用のバイブレーターを持たされた。スイッチは切られている。

「自分でオ××コに突っ込みな」

広畑が言った。ウソ！　と思った。頭がガーンとなった。

「ヒロちゃん、脚、持っててくんねえ？」

美苗の両脚を広畑にゆだねた中尾が、美苗の上体を抱え上げた。顔と肩を抱きすくめるようにして、肉幹をくわえさせてきた。ピストンのリズムがいっそう烈しくなった。

「ちゃんとやれって言ってんの！　でけえほうのバイブ、おケツに突っ込んでやるかい？」

広畑が声を大きくした。美苗は中尾のきついフェラチオにガクガクしながら指示に従った。中尾のより太いかという模造ペニスを秘唇に当てがった。ぐいっと押し込んだ。むにょりと膣襞が歪んだ。直腸側の襞に甘美なバイブレーションが広がった。かつて経験したことのない性感覚だった。

「むうう—っ！」

中尾のものを喉深く受け入れながら美苗は呻いた。天井を向かされているヒップが躍った。

「もっと深く突っ込みな」

腿を押し込み、広畑が言った。美苗は左手に力を入れた。親指と薬指、小指で模造ペニスをつかみ、人差し指と中指で押し込んだ。くわえさせられているものよりは柔らかいバイブレーターが、ぬめぬめと潜り込んでいく。亀頭が膣のまん中あたりに入ったとき、今しがたとはまた別の甘いバイブレーションが、膣襞を痺れさせた。

「根元まで入れな。はまりきるまではめな」

広畑が興奮した声をあげた。彼の興奮が両手に伝わってきたような感じがした。小刻みに震動しているアナル棒を右手で押さえ、美苗は左手にさらに力を入れた。襞を押し分け押し分け、バイブレーターが潜っていく。子宮に到達した。根元まではまだ数センチ、残っている。が、これ以上は無理である。

「あむむっ、むむうっ!」

美苗はかぶりを振り、これが限界だと訴えた。しかし、それが広畑に伝わったかどうかは疑問だった。中尾が、美苗の顔を性器にしての乱暴なセックスを続けているからだ。

「ちゃんと突っ込めって。何やっとんの?　ほらよお」

広畑がぐいと押した。五センチも入った感じがした。子宮が腸に潜り込んだような。

「ここもちゃんと当ててな」

広畑がバイブレーターをおなかのほうに倒した。突起がクリトリスを押し潰した。

「いいか、そのまんまやってな」

広畑がそう言ったとき、口を使っている中尾の腰使いが、バネ仕掛けみたいに速くなった。喉ちんこがひしゃげたりひきつったりした。

「むむう！　んむっんむっ！」

脳みそがぐちゃぐちゃになるかと思った。ほっぺたをたたかれた。ハッとなって目を開けた。たたいたのは広畑か。

「誰が手ェ、離せって言ったんだい」

エッと思って気がつくと、両手を顔に当てている。中尾の腰使いがあまりにも乱暴で、知らずに防御していたようだ。

両手を股間に伸ばした。右手で握ったのは性器のほうのバイブレーターだった。左手で後ろの細いのをつかんでいた。自然にそうなったのだった。左手が、くすぐったい感じに痺れた。

「しっかりつかんでんだぞ。離したりしたらただじゃすまなくなるからな」

広畑のその言葉が終わらないうちに、クリトリスに当てている突起が、高い音とともにビービーと震動し始めた。

（ああああっ！　変っ！）

ぐちゃぐちゃになっている脳みそに、快感震動が伝わった。前から伝わったようでもあるし、背筋を走り上ったようでもある。アナルバイブレーターの震動と連動しているのは、確かなようだ。

6

「いいかい？　ああん？　バイブ、気持ちいいかい」

広畑が、相変わらず股を百八十度に開脚させたまま、訊いてきた。うんうんと、美苗はうなずいた。はっきり肯定したつもりはなかった。否定はしなかった、という程度の反応だった。

「おケツのバイブもいいかい。あん？　毎日ウンチ出る穴、感じるだろ？」

うんうんと、美苗はうなずいた。ほんの少しだけ、本心だった。

「オ××コも気持ちよくしてやっからさ。して、もらいたいかい」

「……」

美苗は返事はしなかった。口がふさがれているのが幸いした。が、一瞬にして〝幸い〟は去った。乱暴なピストンをしていた中尾が引き抜いたからである。

「ヒロちゃんが何か言ってなかったかい。おれたちが訊くことをシカトすんのだけは、許さないぞ？」

真っ赤な肉幹をピックンピックンさせ、中尾が言った。

「え？　……あ……」

してくださいとは、言えなかった。

「手ェ使いな。やめるんじゃないの」

広畑が声をとがらせて命じた。美苗は左手をピストンさせた。右手で突起をクリトリスに押しつけた。アヌスとクリトリスが痺れた。体が痺れた。脳も痺れた。

両脚を平たくなるまで押さえ込んでいた広畑が、自分の肩にかけた。ヒップは手でシーツから浮かしている。動きが楽になった。左手を大きな振幅でスライドさせた。突起がクリトリスに当たる角度を調節した。わずかに左右にえぐった。

エクスタシーの波が、そのバイブレーションで肉に浸透した。

「あああ……」

悦びの声をあげていた。中尾のものは口に入ってはいない。思わず喘ぎを洩らしてしまった。

「たまんないだろ。うちでやるオナニーとは、ちょっと違うだろ」

肩を抱えていた中尾が、美苗をシーツに寝かせた。ますます動きが楽になった。

「オ××コも気持ちよくするかい。バイブ、くねくねさせるかい」

乳房を揉みながら、中尾が言った。

「…………」

美苗は顔を横に振った。必ずしも否定の意味ではなかった。中尾にもそれはわかったらしかった。

「そーかそーか、なら、ヒロちゃんにスイッチ、入れてもらおうかな」

「…………」

こっくんと、美苗はうなずいていた。うなずいてから、自分の動作を知った。

「入れてもらう？　バイブ、オ××コでくねくねしようか？」

「…………」

うなずいた。目が、いつの間にか中尾を見ている。

「ちゃんと言わなくちゃ、してもらえないぞ？　ヒロちゃんに言ってやれ。バイブ、動かしてって」

美苗は広畑に目を移した。美苗の脚を肩にかけ、ヒップを抱え上げている広畑が、美苗の顔を覗いた。

「言ってみな。奥さん。スイッチ、入れてって」

「…………」

喉が、ゴクゴク鳴った。その言葉が、すぐそこまで出ている。

「ほら、入れてやるぞ。バイブ、こんなふうになるぞ」

広畑がヒップの片手を外し、バイブを動かした。

「ああーっ！」

美苗は大きくのけ反った。

「これがいいんだろ？　ほら、言ったら、してやるから」

「……シテ……」

美苗は言った。が、自分が言ったとは思えなかった。自分の中の、誰かほかの女がそう言ったような気がした。

「はっきり言ってみな。バイブ、スイッチ入れてって」

「……スイッチ……入れて……ください」

「何のだい？　何のスイッチ、入れるんだい。何を、どうしてほしいわけ？」

「バイブの……バイブレーターのスイッチ、入れてください」

「何で、どこを、どうしたいわけ？」

「バイブレーターで、オ××コ……あああ！」

頭を引っ繰り返しにして悶えた。クリトリスとアヌスは、一貫して甘美な痺れを受けていた。それだけでピークに押し上げられていた。

新たな唸り音がした。同時に、膣粘膜がこねくられた。

「ああっ！　あぁーっ！」

恥骨を打ち振って身悶えた。暴れるバイブレーターを押さえてはいられなかった。強くうなずくように頭を振り、乱れた。

「ほらほらー。手ェ、離すんじゃないのー」

広畑がそう言ってふたつの性具をつかませた。前のほうのバイブを握らされた右手が、かなり下をつかんだようだった。指がぬるぬるした。愛液だった。バイブは、半分ぐらいは抜けたのだろう。

「ちゃんと、こう、つかんで、自分で、オナるの」

広畑が、アナルバイブをしっかり握らせた。いちばん下の薬指がぬめった。アッと思ってほかの指に力を入れる。小刻みにバイブレーションしている細い棒が、ぬるぬると侵入した。秘悦に、ゾゾーッと鳥肌立った。

「あああっ！」

思いきりのけ反った。頭の付け根が、ごりっと音をたてた。

「オ××コもやんな。ぐちゃぐちゃ、かき回しな」

顔の上で中尾が言った。体が、言われたように動いた。それでなくても模造ペニスは淫らにくねっている。それを乱暴にピストンさせた。股を大きく開き、荒っぽく出し入れした。アヌス棒も抜き挿しした。体がうまくバランスを取れるよう、前と後ろは抽送を逆にした。

「いいか？　ン？　いいかい。感じるかい」

中尾が耳に口をつけて言った。

「ああ……あーあー……」

美苗は喘ぎながらうなずいた。

「感じる？　あん？　感じる？」

耳を舐め舐め、中尾が言った。

「……っか……っか……感……じ、ます」

両手を逆の動きで烈しく使い、美苗は答えた。「感じる」という言葉を口にしたとたん、中尾のことをいとおしく思った。口を突き出した。目は開けていない。キスを……と、しぐさで示した。中尾が応えてきた。唇をねぶりながら、言った。

「感じるのかい。そう。どこ、感じるの」

「……ここ……あー、ここ……ここ……」

「どこさ。ちゃんと言ってみな。そしたらもっと気持ちよくなるぞ」

「……オマ……あああ！」

「どこ。バイブで気持ちよくしてるとこ、何て言う？　言ってみな。ほら」

中尾が両耳を愛撫してきた。乳首が両方、つままれた。広畑である。くりくりされた。

「あああっ！　あーあー！　もうあたし……もうあたしっ！」

ガクガク、体が弾んだ。キスが解けた。

「イクのか？　イクのか？」

中尾が右の耳を咬んだ。広畑が右の乳首を咬んだ。

「イクッ、イクッ！」

ガックンガックン、体が跳ねた。

「どこ、イクんだ。言ってみな」

耳の穴に、中尾が吹き込んだ。

「オマっ！　オ××コ！　イクイク、あ～ん、イクぅーッ！」

両足を踏ん張り、美苗は腰を大揺すりに揺すって絶頂を極めていた。

第四章　夜の訪問者

1

夫の啓介《けいすけ》が帰宅したのは七時半過ぎだった。美苗は夏枝を抱いて玄関に出迎えた。

「ただいまー、ナッちゃん、元気してたかなー？」

啓介は顔をくしゃくしゃにして、美苗の胸から夏枝を抱き取った。

美苗は玄関のドアをロックした。チェーンロックをしている間に、啓介はリビングに入っていった。上がりかまちに置いてあったカバンを取り上げ、美苗は夫を追った。

物腰がいそいそしすぎてるかしら、と思った。中尾たちに送られて帰ってきて、まだ一時間半しかたっていない。帰ってからたんねんにシャワーを浴び、ビデを使った。夏枝を遊ばせながら、三十分は浴室にいた。

それから急いで夕食の用意にかかった。夏枝は亜果音にあれこれと食べさせてもらったらしく、ジュースさえほしがらなかった。美苗は美苗で食欲どころではない。が、夫は空腹をかかえて帰ってくるはずだ。連絡もないから、いつもどおり早く帰宅するはずだった。夏枝の相手をしたくてしようがないのだ。

リビングに入った。キッチンでなくリビングのテーブルに料理を並べてある。若鶏のソテーがメインで、啓介の好きなロゼワインを冷やしてある。啓介はワインを飲むのも好きだが、センを抜くのも好きだ。

「まずビール飲む？　ワイン、出す？」

美苗は訊いた。

「うーっ」

と啓介が唸った。首を右に左にひねり、夏枝の顔を覗き込み、ほっぺにキスをした。

「ナッちゃんはどっちがいいかなー？　ナッちゃんはジュースがいいか」

啓介のその言葉に、美苗はドキッとした。夏枝は父の問いに答えるでもなく、テレビに目を向けている。いつもと違うと、啓介は思うかもしれなかった。いつもなら、「ジュース」と聞くと、夏枝は目を輝かす。

「ワイン、冷やしてあるから、持ってくるね?」

美苗はひやひやしながらキッチンに入った。早いところ食事にしようと思っていた。冷蔵庫を開けようとしたとき、脇のインターホンが鳴った。

「はい、どちら様でしょうか」

美苗は出た。何かしら胸騒ぎを覚えた。

「別にどちら様って言われるほどのもんじゃないけどさあ」

ガーンとなった。耳に飛び込んできたのは中尾の声だった。

「玄関、開けてくんない? ちょっと用があんだけど」

「あの……主人が、もう……」

啓介に聞こえてくれなければいい、と祈りながら、美苗は言った。

「ンなこたわかってんの。帰ってくるの待ってたんだから。とにかく開けてくんない?」

「あ……あの……どんなご用件でしょうか」

「な～にお高くとまってんの。オ××コイクイク！　って叫んだ女がさあ。早く開けな」

「……」

目の前が真っ暗になった。頭がガーンとして、耳もよく聞こえない。中尾が何か言っている。返事はしているようだが、自分が自分でなくなっている。

肩をたたかれた。ワッと飛び上がった。啓介だった。「誰？」と、美苗から受話器を取った。「もしもし？　代わりましたけど、どなた様でしょうか」

「あのー、お宅の奥様とちょっとワケありのもんですけど、玄関、開けてくれませんか」

ふざけた口調の中尾の声が聞こえた。

「ワケあり？　……と言いますと……」

応えながら、啓介が美苗にびっくりした目を向けた。

「それは会ってから話したいんですけどねー」

相変わらず人を食ったような口調で、中尾が言っている。

「いったいどういうことなんだ？」と、啓介が目で問うてきた。美苗は顔を伏せた。何とも答えられない。大変なことになった。どうしよう。そんな思いだけがぐるぐる回っている。

「もしもしー？　早く開けてくんなくちゃ、こっちから開けなくちゃなんなくなるけど、いいんかなあ」

中尾がていねいな口振りで言った。啓介には、かえって凄味のある言い方に聞こえただろう。

「奥さんともワケありだけど、今はあんたに用があって来たわけ。早く開けてよ」

その言葉が終わる間もなく、どんどんドアがたたかれた。蹴っているようだ。

美苗はすくみ上がった。啓介を見た。啓介はまっ青になっている。

（どうしてこんなことに……）

中尾たちに犯された八日前のことを思った。あの日、玄関にカギさえかけておけば……。いや、カギなんかかけても、自分のことをねらった彼らは、いつかは襲ってきただろう。夏枝をどうにもされなかっただけ、喜ぶべきかもしれない。

その夏枝を見た。夏枝はソファで手をたたいて遊んでいる。こういうときは、けっこうご機嫌なのだ。

「おい、どうしよう。出るか？」

啓介の声が震えを帯びている。

そうするしかないと思った。警察沙汰にすることはできない。そんなことをしたら、間違いなく夏枝に危害が及ぶだろう。まだ九カ月の夏枝が、あの中尾にレイプされたら！

「あたし……行くから」

声がかすれた。美苗はキッチンを出た。

「誰なんだ？　知ってんのか？」

啓介が滑るようについてきた。今まで聞いたこともない高い声だ。

「何やっとんのおー？　はよしてくんないー？」

ドアを蹴っているのは広畑らしかった。

「今、開けます」

玄関に下り、美苗は言った。啓介は下りなかった。ロックを外した。ドアを開けた。

広畑がドアを強く引いた。ノブを握っていた美苗はつんのめった。

2

「おおーっと奥さん、また抱かれたいってのお？　さっき、あんだけよがらせてやったのにさあ。ホンット好きなんだから」

広畑が美苗を抱きすくめ、乳房を押しつぶすように左右に揺すった。

「あっ、ちょっと、お願いです！」

あせって離れようとした。が、もがいても、どうにもならない。縄でぐるぐる巻きに縛られているようだ。

「がぶり寄りー、かぶり寄りー」

ふざけて言いながら、広畑が押して入ってきた。

「よお、ダンナさん、邪魔するね。悪く思わないでよ。あんたとこの奥様がおれたちのこと、呼んだんだから」

中尾の声だ。

「嘘です！」

と叫ぼうとしたが、声にはならなかった。広畑がぐいと抱き締め、汗くさいシャツに口がふさがれたからだ。

「やあ、やさしいダンナさんスかい、おウワサはかねがね」

松川の声である。みんなしてやってきたのだ。亜果音も一緒だろうか。ドアが閉められた。留め金の音がした。チェーンもかけられた。

「あ、あの……こ、これはどういう……」

啓介がかん高い声で言った。

「だからさあ、この奥様が用があるから来てくれって、おれたちを呼んだんだってば」

広畑が答えた。胸に押しつけられている顔面が、声の震動でびりびりした。

「だけど今、どなたか、インターホンで、ぼくに用があるから来たとかって……」

「そーなの。あんたに用があるわけ。ま、ここじゃナンだから、上がろうじゃん」

中尾が脇をすり抜け、上がった。靴は脱いだようだ。もうひとり、続いた。さらにひとりが上がったようなので、亜果音も一緒なんだろうと美苗は思った。

「おい、ダンナさん、あんたは奥様のこと、ちゃんと満足させてやってんのかい。かわいそうに、奥さん、おれとハメ狂って、もっともっとって、泣いておねだりしたんだぜ？」

美苗の頭をがっしり抱え込み、広畑が言った。啓介の声は聞こえてこない。上がりかまちにいるはずだが、声も出さなければ音もたてない。

「二十五歳っていうじゃない。今がシタイ盛りの奥様のこと、満足させてやってないんなら、それなりのこと、手ェ、打っとかないといかんなー」

「あの……それ……どういう……」

「亭主がオ××コしてくれないもんだから、オナニー狂い妻になって、自分だけの問題じゃなくなっちゃってんだぜ？」

広畑のその言葉に、美苗は暴れた。

(ひどい、そんなめちゃくちゃなこと！)

と思った。が、息をするのがやっとの状態で抱きすくめられている。動くこともしゃべることもできない。

「そっ……それは、どういう……」

声をかすれさせ、啓介が言った。

「どうもこうもないよ。人前でオナニーしてみたいから見てくれないかって言うんだぜ？」

途中からわーわー、美苗はわめいた。くぐもった弱い声しか出なかった。広畑の声をかき消すには小さすぎた。

美苗の頭をぐらぐら揺すりながら、広畑は啓介に言った。

——自分たちはエッチビデオに関係している者で、街でシロウト女をつかまえ、週何回オナニーするか、指派か道具派か、など、アンケートみたいなことをしていた。そこにちょうど美苗が通りかかった。子供と一緒だったから人妻なのはすぐにわかったが、これがえらい色白グラマー美人で、自分たちは飛びついた。

「ちょっとうかがいますけど、オナニーはしますか」

と訊くと、ほとんど毎日している、と言うではないか。目つきが、ほかの女たちとは違っていた。濡れて光っていた。どうしてかと思っていろいろ訊いてみると、いつも自分ひとりでこっそりやっているのだが、もしできるものなら、人に見られながらしてみたいと、こう言う。夫はセックスには淡泊な人で、バイブレーターも買ってくれないが、一度、使ってみたいと思っていた。そんな相談には乗ってくれないのかと、そうまで言うではないか——。

嘘だ嘘だ、美苗は思いきりわめいた。が、広畑はてんで相手にせず、

「ま、そういったわけで、奥様のたってのご要望で、オナニービデオ、撮らせて

もらったわけさ。撮らせられた、っちゅーか」

啓介の声は聞こえない。言葉もないのか。それとも自分がほとんど耳をふさがれた状態なので、聞こえないのか。

いきなり広畑が胸から美苗の顔を離した。思わず美苗は息を吸った。と、その口が口でふさがれた。美苗は両手を広畑の胸に当て、あらがった。広畑は美苗の頭を抱え込み、むにむにと唇をねぶって終わりにした。

「わかるかい？　亭主がそばで見てたってこうだよ。亭主がいないとこだったらどうか、想像つくだろ。キスだけじゃないぜ。二本も三本も、自分からチ×ポコ、おしゃぶりしてくるんだもんよ」

「そんな！　嘘です！」

広畑に言ってから、美苗は啓介を振り向いた。声をかすれさせていたわりには、啓介は意外と平気そうな顔をしている。驚きが高じて表情をなくしているのか。

体を押された。つんのめって、上がりかまちに手をついた。お尻を撫でられた。ヒップのわれめに指を入れられた。

「あっ、いやっ……」

フローリングに転がった。突っかけていたサンダルを飛ばして、啓介の足元に滑り寄った。

「行こうぜ。みんな、首長くして待ってるぞ」

広畑が上がってきた。啓介に、

「奥様の口、たまんないねえ。ええっ？　ポコチンくわえるねっとりしたお口がたまんないのっ。あんたは毎晩フェラさせてないのかい？」

「……」

啓介が顔を歪め、ぶるぶるっと横に振った。

「毎晩ではない、ってことかい。え？」

広畑が、抱き込むように啓介の肩に手をかけ、リビングに促した。

「は……はあ……」

啓介が、まだ全く事情がつかめてない様子で、反射的にうなずいた。先生にしかられる小学生みたいである。啓介は三十一歳、広畑は二十二、三歳に見える。なのに、広畑のほうが十歳も歳上の感じである。

「ダンナが毎晩くわえさせてやってないから、カミさん、欲求不満になっちゃって、ほかの男の、おしゃぶりしたがるんだよ」

「わたし、そんなこと……」

後ろから、美苗は声をかけた。広畑が振り向き、にんまりした。

「そんなこと、何だい。まさかそんなことしないとは言わないだろねえ。大嘘だもんねえ」

そう言って広畑は啓介をリビングに押し入れた。

「おれが嘘ついてるかどうか、今わかるからさ」

あんたも入れと、広畑が美苗にあごで示した。

3

部屋にいたのは中尾と松川のふたりだけだった。姿は見ていないが、一緒だと思った亜果音はいなかった。が、それより美苗がびっくりしたのは、ソファの上にいた夏枝の姿が見えないことだった。

「あっ、あの、子供は……」

テレビの前にいた中尾に、美苗は訊いた。

中尾はチラッと美苗を振り向いただけで、何とも答えない。料理を並べたテーブルを見ていた松川が顔を上げ、アメリカ人のように肩をすくめた。

松川は学生風だが、けっこう茶目っ気のある男のようである。テレビにでも出ていそうな、アイドル系のマスクをしている。身長は中尾と広畑の中間、百七十いくつかというところだが、脚はいちばん長く思える。

「みんなで仲よく見たほうがいいんじゃないの？　さあさあ、こっちこっち」

広畑が美苗と啓介の肩を抱いて中尾のところに行った。

「まあ座んな。ヒロちゃんからだいたいの話は聞いただろ」

そう言って中尾がビデオのスイッチを入れ、立ち上がった。中尾がいたところに、広畑が啓介を座らせた。後からやってきた松川が、啓介の左隣に腰を下ろした。中尾はふたりの後ろで中腰になった。美苗は啓介の右隣に座らされた。

「あの……子供は……」

美苗は松川に言った。が、松川はぴくぴく眉を上げ、とぼけた顔をしている。

「子供のことより自分のほうが大事じゃないのかい？」

そう言って、美苗の斜め後ろに広畑が場所を占めた。

亜果音が二階に連れていったんだろうと思った美苗は、始まったビデオに、アッ！　と声を上げるところだった。「わっ！」と、啓介が〝体の中で〟叫びを上げたのが伝わってきた。

彼らの話で、夕方自分が写されたビデオだということは、わかっていた。が、ビデオの最初からではない。ずっと後のシーンである。最初からなら、本意じゃないこと、中尾たちに腕ずくでさせられたこと、子供にひどいことをするぞとおどされてやむなくしたことが、一目瞭然だ。ところが、ビデオはのっけから、全裸の美苗が大股を開き、バイブレーターを使ってオナニーに悶え狂っているシーンなのであった。

「おたく、カミさんが毎日こうやってオナってんの、知ってたかい」

後ろで、中尾が言った。

ごくごくと啓介が喉を鳴らすのが聞こえた。が、それだけで、啓介は何とも答えない。

『どうだい、奥さん、いいかい』

ビデオの中で、素っ裸になっている広畑が訊いている。

『あっああっ、いっ……いいっいいっ』

美苗が、陶然とした目を広畑に向け、そう答えている。

（ああっ、ウソッ！……）

頭も体もぐらぐらした。隣に夫がいてくれなければ！

『どこ、いいんだい。言ってみな』

赤黒いペニスを隆々と反らせ、中尾が乳房を揉みしだきながら美苗に言った。

『オマ……オ××コが……あっ、ああーっ！』

美苗は、自分の言葉に酔ったかのように烈しくバイブレーターを使っている。

美苗の両脇に中尾と広畑がいるが、美苗の下半身には指一本、触れていない。

『オ××コが、どういいんだい。言ってみな』

逞しい肉幹で美苗のほっぺたをぺたぺたたたき、中尾が言った。乳房を揉む手つきは、今や〝愛撫〟そのものだ。

『オ××コが……しび……痺れるんです。ああっ……しびっ……痺れるう、う、うーっ』

口をタコのように突き出して、美苗が言った。

『痺れてどうなんだい。気持ち、いいんかい。よく、ねーのかい』

中尾が、真っ赤に怒っている亀頭を美苗のタコ口に突きつけて訊いた。

『いっ……いいです……えっ、えーえうー』

途中からあいまいな発音になって亀頭を舐めだし、美苗がとろけそうな目つきをしてそう答えている。

広畑が美苗の左手を取り、肉幹に触らせた。まるでそれを待ち望んでいたかのように、美苗は全部の指をうごめかせて男茎をまさぐった。体のバランスが崩れ、バイブを抜き挿ししている右手の動きが荒っぽくなった。肩までぶるぶる、わななくように動いている。口と左手にも注意がいっているので、ピストンのリズムが狂ったように見える。

『くちゅくちゅしてみな。手。フェラしてるつもりで手、使ってみな』

広畑が言って、左の乳房に手を伸ばした。両方の乳房を愛撫していた中尾が、そっちを明け渡した。

画面が揺れた。写している松川が、美苗の左手をズームアップしたのである。美苗は上からかぶせるように、広畑の肉茎を握っている。亀頭の先っぽが、親指と人差し指の輪っかから、ちょっとだけ覗いている。

小指のほうから順繰りに、指が動いた。フェラチオのどの行為をまねているのか、ほかの人間にはわからないかもしれない。美苗としては、口深く含んだ状態から、ペニスを絞り上げるマネをしているつもりだった。どうして最初からそんなことをしたのか、美苗自身、わからなかった。少し前から中尾のものをしゃぶらされていたせいかもしれなかった。

尿道口からとろーっと、透明な液体があふれ出た。小指から再び、順繰りに指が動いた。とろとろーっと粘液が流れ出し、親指のへりを濡らした。親指が亀頭前面を上下した。朱色を呈している亀頭が、てろてろ光った。まるで透明な膜が張ったように見える。

『あううっ！　っくう～！』

広畑が腰を折り、快楽の呻きを洩らした。

美苗の親指が亀頭を左右にこねた。亀頭全体がてろてろ光り、縁日の露店のりんご飴のようになった。人差し指と中指が前に滑って、亀頭がほとんど見えなくなった。と、指に隙間ができ、にゅるーっと茎まで後退した。

『あうっ！　くっく……』

広畑が呻いた。相当の快感に見舞われているようだ。右手が左乳房をわしづかみにしていることで、それは知れる。

指が、亀頭前面に戻った。と思ったら、再びにゅるーっと後退している。広畑が快楽の呻きをあげ、すかさず指は亀頭を隠す。男の粘液が大量にあふれ出したらしい。下側の親指が、すっかり濡れ光っている。

指のその動きが、フェラチオの口ピストンをまねていることは、誰の目にも明らかだ。それをしている女が自分自身であることを半ば忘れ、美苗は目を凝らした。

左の視野で、何かが動いた。啓介がこっちを見ているのである。不意にこっちを見たような感じだったから、左向こうにいる松川か後ろの中尾に、美苗を見るよう、うながされたのかもしれない。

「奥さん、ダンナのこと、見てやってくんない？」

松川が啓介の前から首を伸ばして言った。

美苗は啓介の顔を見た。啓介が何やら妙な表情をした。緊張とこわばりの中に、どことなく恥じらいを含んだ感じだ。

「奥さんもエッチならダンナもエッチなんだな。似たもの夫婦とはよく言うけど」

松川がにやにやしながら言う。

何のことを言っているのか、美苗にはわからなかった。それでぽかーんとしていると、松川が啓介の前から手を伸ばし、美苗の左手をつかんだ。つかむかどうかでぐいっと引っ張られたので、美苗はずずっと前のめりに転んでしまった。

「ほらほら、これが動かぬ証拠だっての」

松川が美苗の左手を啓介の股間にかぶせた。

「あっ！……」

美苗は思わず声をあげた。手のひらにもっこり、勃起したものが当たったからだ。

「どうだい奥さん、もしかしてダンナ、立たせてんじゃないの？」

松川がぐいぐい、こねさせた。

「あっ、ちょっと……」

啓介が美苗の手を両手でつかみ、離そうとした。

「あ～にやってんだよ、おめーさんは。お手々はこーだろうが」

後ろにいた中尾がすかさず啓介の両腕をからめ取った。後ろ手に縛るように、背中にねじり上げた。

「奥さん、ダンナのズボン、開けてみなよ」

美苗の両肩に手を乗せ、広畑が命じた。美苗は、すぐには行動に移らなかった。が、いずれ従わなければならないことではあった。ずっと、そうだった。もう一度言われたら……と思ったとき、部屋の外で足音がした。

4

亜果音が入ってきた。男たちのみんなが、亜果音のほうを見た。

「あらー、いいビデオ、やってんのねー。なんか、見たような気もするけどお」

亜果音が明るい声で言ってそばに来た。美苗のすぐ後ろに立った。

「なあに～？　あんたたちィ、かよわい人妻、みんなしていじめてるわけえ？　いい趣味じゃないわねえー」

「あ……あの……亜果音さん……夏枝は……」

美苗は首をひねって亜果音を見上げた。夕方のときはちゃんと見ることもなかったのだが、亜果音は丸顔のなかなかの美少女だ。潤みの強い大きな目に特徴がある。

髪は美苗よりずっと長い。シャンプーのＣＭモデルにでもなれそうな色艶だ。バストは美苗に負けない豊かさだが、砲弾形の美苗のと違って、まるっこくて、ぽてぽて柔らかそうな感じで、触ると指が深々と埋まりそうだ。

亜果音は美苗のことをまるで無視し、中尾が啓介の両手を押さえているのを見た。

美苗ははぐらかされたように感じた。午後、みんなして美苗のことを連れ出しに来たとき、裸の美苗の背中に手を当ててやさしく撫でてくれた。あのときの何とも心なごむ印象を思い出し、期待したのだったが、肩透かしを食らったように思った。

「あらー、奥さんだけじゃなくダンナさんのこともいじめてんのお？　ホント、そろいもそろってよくない趣味してんのねえ」

亜果音が胸の前で腕組みをして、男たちをにらんだ。濃いピーチ色のタンクトップの胸が、もこっと膨らんだ。

「よくない趣味で悪かったよ。だけどここのダンナだって、いい趣味とは言えないと思うけどなー、おれはよ」

松川がにたにたして言った。

「普通、自分の妻のこういうビデオ見て、立たせると思う？」

美苗を見上げている松川が、あごをぐるりと回してテレビを示した。

ビデオの美苗は今、中尾の肉幹をほおばり、広畑の亀頭をくちゅくちゅ、すごい指の使い方でこねくっている。バイブレーターは、自分では動かしていない。人妻のフィンガーサービスを受けている広畑が、左手でピストンさせている。

美苗はというと、それまでバイブを操っていた右手を中尾の肉茎に巻きつけ、シコシコしごいている。ほっぺたがふこふこ、膨らんだりへこんだりして、頬ばった亀頭を吸い立てているのがわかる。

「うっそおー。そんなの、信じらんないー」

亜果音が啓介の頭の上からそこを覗いた。そのまま目を離さず啓介の前に移ってヤンキー座りをした。超ミニスカートの股が割れている。白いパンストが透けてレモン色のショーツの秘部がもろ見えである。上は上で、タンクトップの胸元では、ロウを溶かしたように色白の柔肉が盛り上がってくっついている。

（あら……）

と、美苗は思った。ブラジャーのカップが認められない。タンクトップの胸に目を移した。乳首のありかがはっきりとわかった。ノーブラなのだ。上も下も、当然、啓介の目に入っているに違いなかった。

「ダンナさん、オチ××ン、立たせてんのお？　嘘よねえ。奥さんのこと、文句言えなくなっちゃうもんねえ」

胸と秘部をさりげなく強調し、亜果音が言った。啓介は黙っている。あぐらをかいている股間は、そのままだ。両手を背中にねじり上げている中尾が、上から押しつけるようにしているので、脚をどうにかしようにも、できないのかもしれない。

「だけど、おっきくしてるとは、ちょっとあたし、思えないわあ。だって全然、膨らんでないもんねえ。ひょっとしてダンナさん、大きくないほう?」

と言うなり亜果音は右手を股間にかぶせた。

「あうっ!……」

啓介が膝を跳ね上げた。

「えー? やっぱり嘘でしょう? おっきくなんて、してないじゃないー」

乳房を揉むように亜果音が手を動かした。

「嘘かどうか見てみればいいじゃん。奥さんにさせようとしてたんだけど、しねーんだよ」

「あ、なーるほど。それがいっちゃんいいわ。愛し合ってる夫婦なんだもんね」

亜果音の目が、いたずらっぽく美苗を見た。

美苗は亜果音の大きな目に訴えた。

(そんなこと、したくない。どうしてもって言うのなら、亜果音さん、あなたがして)

妻のエッチビデオを見て勃起させている夫のなんて、見たくなかった。かといって、それなら大きくさせていなければいいのかとなると、それもいやだった。巨大なペニスの持ち主である中尾や広畑の目に、夫のしょぼくれた性器をさらしたくなかった。亜果音にも。何かそれは、そんな夫をもった自分の恥でもあるかのように思えたのである。

「いい? 奥さん。あたしがダンナさんのこと、後ろから押さえてるから、奥さん、ズボンの前、開いて」

亜果音はそう言うと、啓介の後ろに回った。中尾が啓介の両腕を放した。亜果音が中尾に取って代わった。啓介の背中に膝立ちになって、啓介の両手を股で挟むようにしたようである。と同時に、ノーブラ・タンクトップの豊乳を、てぷーっと肩に乗せた。

「あ……」

と啓介が口の中で声をあげたのが、聞こえた。肩に乗っかった豊かなおっぱいのせいだと、美苗は思った。が、そうではないことがすぐに知れた。啓介の手をつかんでいる亜果音の手が、動いている。

美苗はそこを見た。そして「あっ」と、今度は自分が声をあげそうになった。亜果音は超ミニのスカートの中に、啓介の手を入れさせている。両手ともである。その両手を、動かさせている。どこをどうさせているかは、あらためて言うまでもなかった。

「奥さん。早く。ズボン」

亜果音が言った。挑むような目だ。強く命じる目でもあった。逆らえないことを美苗は悟った。へたなことをするとどんな形で夏枝に危害が及ぶか、わかったものではない。

美苗は啓介の前に移った。啓介があぐらの膝を狭めた。

「な~に遠慮してんの。あんたも男だったら、立派なもん、見せな」

中尾が右膝を引っ張った。松川が左を引っ張った。

「あっ……ちょっと……」

啓介が体をかがめ、力んだ。

「や~ん、痛いよおー。クリちゃんに爪、立てないでくれる?」

甘ったるい声で言って、亜果音が啓介の肩に乳房をこねくりつけた。

「おらあ、何やってんだ? 遠慮するなと言ったろう?」

中尾が膝を引っ張った。ごぎっ、という音がした。「がうっ!」と啓介が変な呻きを洩らした。向こうで松川が力いっぱい引っ張った。「がううっ!」啓介がまた変な呻きをあげ、体をがっくり、前に倒した。

「こうしなくちゃ、奥さん、できないでしょー」

亜果音が首に手をかけ、啓介を起こした。啓介は江戸時代の罪人みたいに両手を後ろで束ねられ、両膝は百八十度に開かれている。

「奥さん、早いとこダンナのポコチン、見せてよ。これ以上イライラさせっとどうなるか、わかんないぞ?」

広畑が言って立ち上がった。直ちに行動に移さないと、広畑が二階に行って夏枝を連れてくる、と美苗は思った。

美苗は啓介のズボンに手をかけた。夏枝のことが気になる。上で寝てでもいるのか、亜果音に訊いて確かめたい。が、どうせ訊いてもむだだろう。

(早くこの人たちが帰ってくれれば……)

美苗はファスナーを下ろした。引っかかりがなく、すんなりと下ろすことができた。立っていたのが小さくなったのかしら、と美苗は思った。

ズボンの窓を開けた。白のブリーフが見えた。男の匂いがする。昨夜からまる一日、はいていたのである。美苗はブリーフの窓を開こうとした。啓介が暴れた。膝が跳ねて、危うく美苗は顔を蹴られるところだった。

「な~にじたばたしてんの。てめーのカミさんじゃん。おとなしくしな」

中尾が、押さえている一方の手を腿の付け根に滑らせた。

「あううっ！　うっくう、う……」

　啓介が頭を深く落として呻いた。中尾が鼠蹊部に爪でも立てたらしかった。

「頭は、こうでしょう？」

　亜果音がまた、頭を起こした。ううっ、ううーと、啓介が妙な声を洩らした。苦痛の呻きではないようだった。

　美苗はふと、顔を上げた。「あっ！」と、叫ぶところだった。亜果音はタンクトップを首までたくし上げていて、横向きにした啓介に、乳首をしゃぶらせようとしているのである。白い豊肉は鼻までおおっていて、啓介はふがふが、目を白黒させている。

　見まいとして顔を下げた。ブリーフの窓に指を差し込んだ。ペニスが触った。勃起してては、いなかった。指の腹が、ねとーっとした。

5

「どうせだったらズボン、脱がしたほうがいいんとちゃう？　お愉しみんとこ、わりーな」

広畑が言って、啓介の後ろに回った。亜果音をどかし、啓介の首に両手をかけて引っ張り上げた。

「んっ！　んくっ！……」

と情けない鼻声をあげ、啓介がカーペットから腰を浮かした。中尾と松川が膝を伸ばさせた。広畑はあごでなくまともに首を絞めている。美苗は大急ぎでベルトを、続いてフックを外した。内側のボタンを、ちょっと手間取って外し、ずるずるとズボンを脱がした。

ブリーフも脱がそうとしたが、こっちのほうは、そう簡単には脱げてくれない。勃起はしていないものの、汗で肌にくっついている。

「んくっんくっ……んっんん！」

まるでオルガスムスのような呻きを、啓介があげた。

（窒息してしまう！）

美苗はあわててブリーフを引っ張った。ヒップのほうはすぐ脱げたが、前のほうがなかなか脱げてくれない。

（ウソッ！）

美苗は目を見張った。つい今しがた触ったときは、萎えて柔らかかったペニスが、なんとものの二十秒とせず、立っているではないか。

（どうして？　なんで？）

と思いながら、美苗はやっとのこと、ブリーフを脱がした。

「ウッヒョー！　この人やっぱり、立たせてやがんよ」

みんなが囃《はや》したてた。首を絞め上げていた広畑が手を離した。啓介がどすっと尻もちをついた。ペニスがビョンビョンと揺れた。

美苗は恥ずかしさに、いたたまれぬ思いだった。確かに啓介は勃起させている。いつもの勃起には劣るとしても、立たせていることには違いない。ところが、中尾や広畑に比べて、はるかに及ばないペニスなのである。夫がたまらなく惨めに思える。

だが、どうして夫は、今、急に大きくなんてしたのか。さっきは、妻のエッチビデオが原因だった。しかし、美苗が触ったときはふにゃふにゃしていたのに、それがまた、さっきに増して硬く立たせている。

「あらー、ダンナ様ァ、奥様のエッチなの見て、エキサイトしちゃったんですかあ？」

亜果音が啓介の前にやってきた。美苗を押しのけるようにして、裸の両内腿に両手を這わせた。

「やっぱり自分の奥様がほかの男とエッチしてるの見たら、立っちゃいますう?」

亜果音がビデオを示した。啓介が顔を伏せた。美苗は横目でビデオを見た。

ついに美苗が広畑にファックされたところだった。中尾の肉幹を喉までくわえ込みながら、四つん這いになり、後ろから挿入されているのである。さっきまで美苗がオナニーしていた白いバイブレーターは、シーツに転がっていて、まだぶるぶる震動している。

『いいかいいか、ああ? ほらほらー、オ××コ、いいかあ?』

広畑がウエストをがっしと抱え込み、よだれを垂らさんばかりにして言った。

『ううっ、ううっ、んんっ!』

中尾のを深くフェラチオしている美苗が、さかんに頭を振る。

『おーら、こっちもいいだろ。ああん? 喉も感じるだろ?』

中尾が自分のピストンと一緒に、美苗の顔を手に包み込んで前後させた。

『ふぐっふぐっ、あぐっあごっ……』

前と後ろから蹂躙され、美苗は波にたゆたう木の葉のように全身をわななかせている。

「奥さんの秘密の愉しみ知って、こんなになったんですか?」

亜果音が啓介の内腿に這わせた両手をつつーっと滑らせ、ペニスの根元を両手でつかんだ。

「あ! ちょっと!……」

啓介があわてて亜果音の手を払った。かなり邪険な払い方だった。はずみでそうなったようでもあったし、美苗の手前、わざとそうしたようでもあった。

「おい、あんた、そんなやり方はねーんじゃないか?」

後ろにいた広畑が言って、両手を背中でひねり上げた。手首をどうされているのか、啓介は背を反らし、歯を食いしばって顔をのけ反らせた。

「チ××立たせてる男は、このほうがお似合いじゃないかい?」

中尾と松川が啓介の足首をつかんで伸ばさせた。広畑が啓介を後ろに引っ張った。両手首を合わせ、頭の上でカーペットに押しつけた。中尾と松川がズボンとブリーフを脚から抜いた。

「かわいい妻がおれとオ××コしてんの、見なよ」

広畑が言った。テレビは啓介の正面にある。視野には入っているのだろうが、
啓介は視線を左に向けた。

「おれの言ってること、聞こえなかったんかい？」

言うが早いか、広畑が脳天に膝を落とした。

「ぐえっ！」

啓介がカエルのような声をあげた。

美苗はびっくりして啓介を見た。啓介は目を剝き、焦点が合っているのかいないのかわからない状態で、ビデオのほうに固定している。

「自分のカミさんがおれにオ××コされて、嬉しいかい」

広畑が言った。啓介は何とも答えない。あごをやや上向け、下唇を突き出して、表情を固くしている。広畑がまた、膝を脳天に見舞った。

「ぐえっ！」

啓介が口を開け、目をおでこのほうに向けて、カエルの声を放った。

「もう一度だけ言うぞ。カミさん、おれにオ××コされて、亭主として嬉しいか、っての」

「……」

啓介が広畑を見上げ、かすかにだが、首を横に振った。ほとんどそれは、動きといえない動きだった。

三度目の膝が脳天を襲った。ゴギッという気持ち悪い音がした。啓介は、今度はカエルの呻きをあげなかった。そのかわり、キリストのはりつけのような格好にされた体がぐうーっと、カーペットから浮き上がった。

あっ、と美苗は思った。ほかのものたちが、どよめきに似た声をあげた。何と啓介の肉茎が震えおののくようにして屹立したのである。それまでのエレクトの倍も立派になった。こんな大きいペニス、結婚して初めて目にするんじゃないかしら、と思うほどだ。

6

「ちゃんと答えなよ。痛い思いしたくないだろ?」

広畑が、頭の上で押さえている啓介の両手首の関節をきめた。

「あ……あ、はい……」

歯を食いしばり、啓介が言った。

「はい、ってのは、何だい。ちゃんとわかるように言いなよ」

「あっ、は……はい。そうです」

「何それ。何がそーですなんだ？」

「そっ、その……妻のエッチ見て……うっ、嬉しい、です」

「それでチ××、おっ立ったわけ？　え？　えれー立ってんぞ？」

「……は、はい、そうです」

「妻がよその男とやってんの想像して、マスかいたり、シテんだろ」

「……い、いえ、それは……」

「シテんだろって訊いとんの！」

広畑が手首の関節をぎりぎり攻めた。

「あっ！　はいっ！　時々は」

顔をしかめながら、啓介がそう答えた。

その様を、美苗はかたずを飲んで見守っていた。自分と同じように攻められ、啓介は今の言葉を口にした。が、それは、うわべこそ広畑に無理矢理言わされたように見えるものの、その実、それこそが啓介の本心なんじゃないか。それはほんの五、六時間前、自分もこの男たちを相手にさせられたことが、何を隠そう、もともと自分の頭中にあったというのと同じことなのではないか。

ばしっと音がして、啓介が唸り声をあげた。広畑に、顔かどこかをたたかれたらしい。美苗がぼーっとしてる間に、新たな展開になっていたようだ。

「してもらいたいだろうと訊いてんのが、わかんないのかい」

「……は、はい……」

真上にある広畑の顔を見て答える啓介の右の頬が、みるみる赤くなった。

「してもらいたかったら、はっきり言いなよ」

「あ、あの……して……ください」

啓介が亜果音のほうを見て、蚊の泣くような声で言った。

「バーカ。それじゃ誰に言ってんのか、わかんないだろ。そのカワイコちゃんは、亜果音っていう、かわいい名前を持っとんの」

広畑がげんこつでひたいをこづいた。

「あ、亜果音さん……あの……して、ください」

「ええっ？　何を～？」

亜果音が、うずくまるような格好で啓介の顔に近づいた。ピーチ色のタンクトップの胸が、もたあーっと膨らんだ。ノーブラである。くっつき合った白い豊乳が、啓介の目に見えているはずだ。乳首はどうかわからないが、乳暈は見えているのではないか。

「ぼくの……してください。指で」

「指で……どうするわけ？」

亜果音がいっそう近づいた。ホールドアップさせられている啓介の右脇ぎりぎりに、右の乳房が接触しそうだ。啓介が、とまどった目を、真上の広畑に向けた。

広畑が、早く言うよう、目でおどした。

「あの……手で、しごいてください」

「ええーっ？　素敵な奥さんが見てる前で？　ここをー？」

亜果音が、啓介の右膝の上に手を乗せた。啓介がぴくっとして腿をすぼめようとした。右脚をつかんでいる中尾が、ぐいと引っ張った。左足をつかんでいる松川が、股を広げた。中尾が松川を見てにやりと笑い、大股を広げさせた。直立している肉幹が、ぷるぷる震えた。

『あうう〜っ、わあわあ、あうーっ！』

――ビデオの美苗がくぐもった叫びをあげた。後ろからファックしている広畑が、桃色のアナルバイブレーターを挿入したのだ。はっきりした声で叫ぶことができないのは、中尾の巨根をくわえさせられているからである。

ビデオカメラがその部分に迫った。広畑が、腰を前後させさせながら、それとは違うリズムで桃色のアナル棒を出し入れしている――。

「ほら、見てみィ。おめーのカミさんは、もうじきおれに顔シャされてイッちゃうんだぜ」

中尾が言った。啓介はうながされるようにビデオに目を向けた。たたかれていない左のほっぺたも赤くなった。

「どこ……しごくの？　ここぉ？」

亜果音が右の腿をさすった。指先が鼠蹊部に達し、陰毛をそよがせている。

「そこじゃないよな？　ちゃんと言いなよ」

「あ……あの……ぺ……ペニスを……」

うるうるした目を亜果音に向け、啓介が言った。

「ペニスぅ？　英語でなくて、日本語で言ってくんない？　その方があたし、気分出るんだけど。ダンナさんもそのほうがいいでしょ？」

「……」

二秒ばかり、啓介が言いよどんだ。コキッという音と同時に、啓介が悲鳴をあげた。広畑が手首をどうにかしたらしい。

「チ××を！　亜果音さん、チ××をしごいてください」

「しごくって、どんなふうにしごくんだい」

広畑がまた手首をどうにかしたようだ。「わあっ！」とわめき、啓介があわてて言った。「チ××、シコシコしごいてください。気持ちよくして、ください」

「どれくらいすれば、いいわけ？」

亜果音が、そそり立つ肉茎の根元に指を移した。啓介がびくっとおののいた。喉をごくごくさせた。興奮のあまり、しゃべりたくてもしゃべれない感じだ。

「ほらー、どうなんだい。ちゃんと言ってやんなよ。ガキでもあんめーし」

「イ……イクまで……して、ください」

亜果音のタンクトップの胸に目を這わせ、啓介がそう言った。

7

「ええー？　あんた、自分の妻の前で、初対面の女にシコシコしごかせてイクなんて、ちょっと変態なんじゃないー？」

そう言いながら、亜果音が肉茎に右手の指を巻きつけた。小指をぴんと立て、薬指は半分浮かし、三本指を巻きつけている。

「ぼくは変態ですって言ってみて。そしたらあたし、こうやってしてあげる」

指がすごい速さで十往復ばかりした。

「あうう っ！」

大股開き、はりつけの格好にさせられている啓介が、カーペットから腰を突き上げ、喜悦の声をあげた。

亜果音の指がぴったり止まった。亜果音は啓介の顔を覗き込んでいる。啓介は頭のところの広畑の顔を見た。広畑がにやりと笑って見下ろしている。へたなことをすれば、すかさずひどいことをされそうだ。啓介は亜果音に目を転じて言った。

「……ぼ、ぼくは……変態……です」

「本当にそう思うわけ？」

指が五往復ばかり上下した。

「あうう っ！　……くっ、くうっ……」

啓介の腰が躍った。亜果音の手が離れる。肉柱がびくんびくん、大きく揺れた。

亀頭の右のへりに、透明な粘液が垂れて光っている。

「自分で本当にそう思ってるんなら、気持ちいいことしたげる。ぴゅっぴゅって、イクまで」亜果音が両手で鼠蹊部を撫でた。啓介の内腿が力み、もりっと盛り上がった。亀頭の粘液が、へりまでとろーっと流れた。

「あんた変態？　奥さんが犯されるの見て、感じちゃうヒト？」

「そ、そうです。ぼく、変態です」

ペニスがピックンピックンした。

「正直に言ってるのかなあ？」

亜果音の指がまた肉茎に巻きついた。絞るようにしごき上げた。快楽の粘膜が新たにあふれ出し、親指の関節のところを濡らした。

とぴとぴとぴ、と指が小刻みに上下した。あ、あ、あ、あ……と啓介が反応した。

「気持ちいい？　気持ちよかったら、気持ちいいって言って」

「気持ち……いいです」

大股開きの内腿が、それを訴えるかのように緊張と弛緩を繰り返す。

「奥さんイクとこ、見たい？」

「……」

口では答えず、啓介がビデオに目を向けた。二本の肉幹とアナルバイブを突っ込まれている美苗は、四つん這いの体を大うねりにうねらせている。前と後ろからのリズムの異なるピストンに応えながら、みずからも体を波打たせている。

「そのまま見てな。あんたの奥さん、おれの顔シャと同時にイッちゃうからよ」

中尾がそう言って、啓介がビデオを見る邪魔にならないよう、身を伏せた。

「あんたの奥様イクの見せんのも、あんたが亜果音にシコシコしてもらうのも、みーんなあんたへの特別サービスなんだからさ。ありがたく思いな」

松川が言った。声を低くして続けた。

「この映像、裏に流すんだ。あんたの奥様、最初んとこで、名前と歳と家族のこと言ってんの。売れるって。そんで出演料、タダなんだからねえ」

ガーンと、美苗は脳天に雷が落ちたようなショックを感じた。その瞬間、逆上してわけがわからなくなった。わめきながらビデオのスイッチを切ろうとした。テープを引き出して、だめにしようと思った。ダビングされていないわけはないのに、ちっとも頭が回らない。

「あーにすんの、美苗ちゃんはさあ。な、おとなしく見ようぜ」

中尾が抱きすくめてきた。乳房を揉まれ、スカートの中に手を入れられた。

「あああ！」

と啓介が高い声をあげた。

『うわ～ん！　わあわあ！　あううーっ！』

ビデオの美苗が叫んだ。見なくてもわかっている。中尾が口からペニスを引き抜き、自分でしごいて、顔にどびどび、精液をかけているのである。

『あああ！　はあっ！　あうっあうっあうっあうっ！……』

啓介が絶頂の呻きをあげた。中尾にもてあそばれながら、美苗は見た。真っ赤な肉幹から、噴水のように白液が飛び出している。亜果音の指は依然として速いリズムでピストンしている。その一しごき一しごきに、射出が繰り返されているように見える。

目を、啓介の顔に移した。啓介は、とろけそうな半眼になって喘いでいる。本当にその気になって、果てたのである。

（あたしたちいったい……）

どうなってしまうのかしらと、もうろうとする頭で思った。

と、聞き慣れた声の響きを感じた。ハッとした。夏枝！　二階だ。階段のところまで出てきてるのかも！　立ち上がろうとしたが、中尾が許してくれない。

ショーツの中に手を入れてきて、いたずらしている。

「あ、あの、娘が！」

そう言おうとして、中尾の顔に顔を向けた。その口が奪われた。フェラチオした口を吸い取ろうとでもするかのようなキスである。

落ちたら大変！　夏枝は階段を下りることはできない。

キスを受けたまま、美苗はわめいた。暴れた。ところが美苗がそうした分だけ強く、中尾はキスをし、顔を抱え込み、身動きできなくする。

「お父さんの精液、おしゃぶりさせよっかあ。睡眠薬、切れたみたいだからあ」

亜果音がそう言った。みんながゲラゲラ笑った。

「どうする？　それでもいい？」

亜果音の声が美苗に向けられた。中尾が目だけ、自由にしてくれた。亜果音がザーメンでぬるぬるしている三本の指を、美苗の目に突きつけた。

「かわいい子供さん、階段から落ちて鼻つぶしたり、頭蓋骨陥没とかになるのと、パパのザーメン、おいちいおいちいするのと、どっち、いい？」

「…………」

目の前が真っ暗になった。こんな選択、あっていいものだろうか。

「ジュースは大好きだけど、カルピスとかも好きなわけ?」

「すっ、すいません!」

啓介が飛び起きた。ドアにダッシュした。そのとたん、もんどり打って転がった。広畑が脚にタックルしたのである。

「な~にがすいませんだ。すまねーっての」

広畑が足首をつかんでずるずるひっぱった。

「しょーないわね、パパのカルピス、飲ませてあげよっかあ」

亜果音が立ち上がり、ドアに向かった。美苗は暴れた。手足を無茶苦茶動かした。

「おとなしくしてないと、ダンナと娘、いいことさせるぜ。それ、ビデオに撮ろうか?」

中尾が、静かな声で言った。

美苗は動きを止めた。息も止めた。一緒に心臓も止まるかと思った。

第五章　妹は新婚妻

1

三日後の夕方――。

義弟の秀彦《ひでひこ》から電話が来た。美苗の妹である妻の春菜《はるな》が、急な用ができ、今夜美苗のところに行くということだが、どうぞよろしく、と言う。電話は会社からだった。もし早い時間に仕事が片付けば自分もちょっと寄りたいと思っているが、仕事が詰まっているからどうなるかわからないと言って、秀彦は電話を切った。

二十六歳の秀彦は、製薬会社商品開発部の若きエリートだ。

(変ねえ、あたし何にも聞いてないけど……)

美苗は春菜のところに電話をしてみた。出ない。ケータイにかけても、出なかった。

インターホンのチャイムが鳴ったのは、それから三十分ばかりしたときだった。出てみると、はたして春菜だった。美苗は夏枝を抱いて玄関に向かった。ロックを外し、ドアを開ける。あっ！ と声をあげた。危なく夏枝を落っことすところだった。

表情をなくした白い顔の春菜の後ろに、広畑がいたのである。その後ろに中尾がいる。目の前が真っ暗になった。思わず夏枝を抱き締めた。三日前、中尾たちは「これっきりだから心配しないでいい」と言ったのである。それが、舌の根も乾かないうちに……。

春菜が広畑に押されたのか、よろけるようにして入ってきた。広畑と中尾が続いた。亜果音がにこやかな顔を見せた。この間、帰りがけに言ったのだが、亜果音は看護学生だという。それで子供の扱いに手慣れているのかもしれなかった。

亜果音の後ろに松川がいる。松川はやはり学生とのことだった。松川は、中尾や広畑より親しげな口調で亜果音と口をきくから恋人かとも思ったが、必ずしもそうではないのかもしれない。というのは、亜果音はときどき、美苗の体に触ってきたりするのだったが、そんなときはきまって、松川の存在など頭にないかのような態度を示すのだ。

美苗は美苗で、亜果音にやさしくされると、夕方玄関で背中を撫でられて甘くなごんだときの記憶がよみがえり、どことなく安堵する気分になる。状況が状況だからなのか、亜果音に体質的に備わっているムードなのか、やっと二十歳になったばかりのような亜果音に、身も心もゆだねてしまいたいと思う衝動を感じる。

「夏枝ちゃん、おむつ、大丈夫?」

亜果音が言った。何のことかと思ったら、これから夏枝をドライブに連れていく、と言う。松川の運転で高速道路をひとっぱしりしてくると言うのだ。

「えっ? そんな……」

美苗は慄然とするものを覚え、首を横に振った。

「いやだってんなら、特に、とは言わないけど。そばで見てたっていいんだし。そのほうがおれ、楽なんだけど」

松川が口元を歪めて言った。

「……見てるって……」

ああ、また、どうしてこんなことに……と思いながら、美苗は訊いた。

「おれの口から言わせるってわけ？　言ってやってもいいけど、別に言わなくてもわかるんじゃない？」

「……………」

「どーすんの？　さっさと決めてよ。そばで見させるか。ドライブか」

「あの……あなたと……だけですか」

「亜果音と一緒だけど。おれひとりだったら悪いんかい？　おれはちっともかまわんけどね。どうでもいいけどさっさと決めてよ」

美苗はドライブを選択した。それしかないではないか。それに亜果音と一緒なら、最低限、夏枝の身は安全だと思う。

美苗はおむつを替えるためにリビングに上がった。みんながぞろぞろやってきた。おむつは濡れているかもしれなかったが、替えるのはやめにした。夏枝のお尻を男たちに見せたくなかった。それを避けるために夏枝を連れて二階に上がったとしても、松川だけはついてきそうだった。

美苗が食べ物や飲み物を用意しようとすると、車にあるから平気と言って、亜果音は慣れた手つきで夏枝を抱き、玄関に向かった。抱き取るとき、亜果音の右手が左の乳房に触った。砲弾形のおっぱいの左脇から先端にかけて指の先で掃き上げるような動きだった。何ということもない接触だったが、どうも美苗には、亜果音がわざとそうしたように思えた。夏枝はいやな顔ひとつせず抱かれていった。

「百八十は出さないから心配しないでねー」

松川が美苗ににたにたした顔を見せ、亜果音を追った。美苗が後についていこうとすると、広畑に止められた。

「まあ、ここに座んなって。あんたのうちなんだから、なあーんも遠慮することたあないんだぜ?」

肩を抱かれ、並んでソファに座らされた。美苗を挟んで左に中尾が腰掛けている。中尾の前のカーペットに、春菜が背を向け、うつむいて座っている。おとなしいセミロングのヘアが左右に割れ、おしろいを塗ったような首を覗かせている。春菜の肩を揉むように両手を乗せ、中尾は至極ご満悦のようだ。

「しっかしなーっ!」

実際に春菜の肩を揉み、中尾が美苗に顔を向けた。

「あんたも美人の人妻なら、あんたの妹ってのも負けず劣らずの美人なんだから、驚きだよなあ。色といいスタイルといい、何ともいえない上品な丸顔の顔つきといい、こんな美人姉妹ってのも、ちょっと珍しいんじゃないかな。あんたたちの両親、俳優か何かじゃないの？」

肩を揉まれ、春菜はますますうつむいた。顔を半分以上隠している絹のような髪が、哀しげにてろてろ揺れている。拒否の素振りは微塵《みじん》も見せない。できない、のだろう。いやなことはいやと言う美苗と違い、春菜は昔から引っ込み思案だった。

しかし、どうして春菜が今、ここにいるのか。どうして中尾たちは、春菜のことを知ったのか。春菜は車で五十分くらいのところに住んでいるが、中尾たちは〝拉致〟してきたのか。三時頃に電話があったと秀彦は言っていたが、その頃から一緒なのか。

肩を揉む中尾の手が、するりと前に滑った。ウォーターブルーの半袖カットソーの胸の膨らみをおおった。

「あっ、やめてください……」

蚊の鳴くような声で言い、春菜が両手で中尾の手を押さえた。精いっぱいの抵抗なのだろう。

「ックーッ！　かーわいいんだから、もお。新婚さんはよおっ！　何だってえ？　結婚二カ月ってか？　ックーッ！　初々しいおっぱいの手触りだことっ！　毎晩揉まれてんだろ」

かまわず中尾はモミモミ、手を動かした。春菜が体を深く折って耐えている。

「あの……妹を、いじめないでください……」

美苗は言った。

「自分がしてもらいたいもんだからそんなこと言うんかい」

中尾は美苗を見てそう言い、そして春菜に、

「ほら見たかい。あんたのお姉ちゃんはこんな人なんだよ。義理の弟のチ××、つまみ食いするはずだろ？」

「えっ！」

美苗は飛び上がった。義弟というと、自分よりひとつ歳上だが、秀彦ひとりしかいない。

2

「嘘です！　あたしそんなこと、してません！」

叫ぶように美苗は言った。

「嘘かどうかは、あんたのダンナさんに確かめることにすりゃーいいさ。あんた

のダンナさんからの情報なんだから。もうじき帰ってくるはずだけど」

美苗の体を抱きすくめ、広畑が言った。

「えっ……」

と言ったきり、後の言葉が出てこない。中尾たちが啓介をおどして春菜のことを聞き出したのだ。啓介からは何も聞いていないし電話ひとつないが、中尾たちに止められているのかもしれない。

「あんたも悔しいだろ。あん？　結婚間もないってのに、実の姉にダンナのチ××、味見なんかされてさ」

中尾が乳房を揉みながら、春菜の耳に口を寄せて言った。

「だからたあーっぷり仕返ししてやんな。ナ？　にっくきお姉ちゃんの前で、義理のお兄さんと愉しみゃいいさ。目には目を。マ××にはマ××を。これが社会のルールだっての！」

「あっ……あの……あたし……いいです」

春菜が、弱々しくかぶりを振って言った。なめし革のように髪が揺れた。

「なーにがいいの。そんな弱腰でどーすんの。それともナニかい。これがイイってのかい」

中尾が、胸を揉む手の動きを強くし、髪を口で分けて、ぺろぺろ、耳を舐めた。

「あっおっ！　お願いです」

春菜が両手で顔と頭を抱えた。

「遠慮しなくていいから。義理のお兄様が来るまでおれが相手しててやっから。ん？　おれじゃ不満かい。そーかそーか、お兄様が帰ってくるまで待てないってのかい。かわいい新婚さんだこと」

中尾は春菜の両手を頭から引き剝がし、自分の両膝にかけさせた。アームチェアに座る格好である。

「手首はこうだ。いいかい。勝手に抜いたりしたら、おしおきだぞ？」

中尾が春菜の手首から先を、膝とふくらはぎとで挟んだ。春菜は、アームチェアの腕に手を縛られた状態である。中尾がカットソーの前ボタンを外し始めた。

「あの……お願いです。お願いします。お願いですからやめてください」

「何がお願いなのー。あーん？　亭主と姉が不倫してる。姉に仕返ししたいって言ったのは、どこのどなたなのー」

上から四つ、中尾はボタンを外した。下にあと三つ残っている。

「それは……あなたたちがあたしに無理に……」

そこまで言うと、春菜は力なく頭を垂れた。中尾がカットソーの胸を開いた。パステルブルーのハーフカップのブラが現れた。左側は乳房の半分を見せているだけだが、右のほうはカップがずれ、淡いピンクの乳暈が覗いている。

それをもんにょりと、中尾が指でえぐり出した。乳暈と色の区別のつかない乳首が、ぷるっと飛び出した。てろてろ濡れた艶をしている。

「まー、かーわいい乳首ちゃんだこと！　これ毎晩、亭主にちゅばちゅばしてもらってるわけね。だけどその亭主、あんたのお姉ちゃんとも乳くり合ってるとはなあ」

「そっ、そんなこと！……」

美苗は中尾に無実を訴えようとした。中尾が美苗に顔を向けた。Tシャツの胸に手を伸ばしてきた。

「そんなことってこんなことかい？　おれは今、春菜奥様とたて込んでんだ。あんたはヒロちゃんにかわいいかわいいしてもらいいな」

「いっ、いやです」

美苗は中尾の手を押さえ、動きを封じた。広畑が美苗の手を引き剝がした。

「いやですう？　ほーっ！　ナカちゃんならよくて、おれならいやってかい。おれも嫌われたもんだよなー」

右手を、広畑の股間に入れさせられた。きつく挟まれた。

「そんなつれないこと言わんでくれよ。頼むよ。二回も三回もチ××、おしゃぶりしてくれた仲じゃねえか」

右の乳房を揉みしだかれた。

「あっ！　ほんとに今日は……今日は、お願いです」

頭を垂れ、美苗はいやいやをした。手は両方とも、自由にならない。春菜と同じ、みっともない格好である。

「今日はお願いって、何をお願いするわけ？　こないだはナカちゃんのフェラしておれとオ××コして、アナルバイブもやってよがったから、そーすっとお……今日は生身のを三本、入れてくれってかい？　三本目はどれにする？　やっぱし不倫相手の新婚さんがいいか、ああ？　義理の弟のチ××、ケツの穴にずぼずぼ、入れ狂ってもらうかい。会社に電話かけて呼ぼうか」

「あ、ああー……」

春菜がぐんにゃり、タコみたいになってしまった。

「あらあらー、若奥様はもうイッてしまったんかいな。早すぎるぞお」

中尾が春菜のカットソーのボタンを全部外した。ブラジャーを喉のところに引っ張り上げた。つやつや光っているふたつの乳首を、それぞれ三本指でつまんだ。くりくりやった。

「あっ……」

春菜が、中尾の膝に挟まれている両腕を躍らせた。が、外せない。外せなくてよかったかもしれない。勝手に外したら、〝おしおき〟されることになったはずだ。

「新婚さんにちょっと訊くけど、ダンナ、お乳、吸う？　右と左と、どっち多い？」

「……」

一瞬うつむいて黙った春菜が、突然キャーッ！　と、悲鳴をあげた。乳首をひねり上げられたに違いない。

「おれ、今、何て訊いたっけ？」

上から春菜の顔を覗き込み、中尾が言った。

「……夫が……どっちの……吸うかって……」

蚊の鳴く声よりもっと小さい声で、春菜が答えた。

「なんだあ。ちゃんと聞こえてんじゃないかー。おれはまた、聞こえないのかと思ったぜ。え？　どっちなんだ？」

「……そ……そんな」

と言ったとたん、またしても春菜が悲鳴をあげた。同時に右手が膝から抜けた。

「ほーっ！　上等じゃないのー、新婚さんはー。手ェ、勝手に抜いたりしたらおしおきだって言ったはずだよなー」

「すっ、すみません！」

春菜はあわてて自分から手を中尾の膝の下に差し込んだ。

「ほーほー。やっぱり新婚さんは素直だこと。だけどね、言いつけにそむいた罰はオチャラにゃなんないの。きっちりカタはつけるから。ところでダンナさん、どっちの乳首、おしゃぶり、多いわけ？」

「……わか……わかりません」

そう答え終わる前に春菜は三たび絶叫した。

「誰もそんな答えなんか期待しちゃあいないの。どっちか、って訊いてんだから。さあ答えな。三つかぞえるまでだぞ。ひとつ、ふたつ、みっ」

「右です！」

叫ぶように春菜が答えた。

「そーかいそーかい。それでいいんだぜ？　ほんと新婚さんは素直でいいよなあ。ここも相当に素直なんだろうなあ」

中尾の右手がするする滑り、マリンブルーのミニスカートの裾から内腿に消えた。

「はあ……はあぁ……」

吐息とも何ともつかない声が春菜の口から洩れた。拒否したくてもできない。したらしただけひどいことになる。そのことに春菜は感づいたらしかった。

3

中尾の手が春菜の内腿をまさぐっている。春菜は力なくうつむき、正座の膝を震わせている。腿はぴったり閉じているようだが、中尾の手は十分奥まで入っているようだ。

「あ！　いやです！」

春菜が鋭い声をあげ、体を弾ませた。合わせた膝をぷるぷる、わななかせている。中尾の手が、恥ずかしいところにくじり込んだらしい。

「あっ、おねっ……がいですぅ……」

春菜が髪を乱してかぶりを振った。しかし、それが精いっぱいの抵抗である。両手はしっかりと、中尾の膝の下に入れたままである。

「何のかの言って濡れてんじゃないの。ほーら、ここのこと、おれが言ってんのは」

中尾の右手が小刻みに動いた。

「ああっ！　お願いです。かんにんしてください～」

春菜が腰をもぞつかせた。ずり下がろうとしているらしい。が、無理である。後ろはソファである。といって、横に逃げるわけにもいかない。中尾の両膝がしっかり囲っている。

「ほらほらー。ちゅぷちゅぷ濡れてんじゃん。マン汁がとろとろあふれてるって」

指を使いながら、中尾が美苗たちのほうを見た。

「何でかなー。何でそこの美人の新妻さんはオ××コ、ぬるぬるにしてんのかなー。お姉ちゃんがエッチだから、似たのかなあ」

広畑が、肩から回した左手で美苗の左の乳房を揉みしだき、右手で腿を撫でさすって、局部に接近させた。

美苗は黙って耐えた。今、どうこうしても、彼らの劣情を刺激するだけである。自分を殺し、じっとしていることだ。何をされても反応しないことだ。

しかし美苗はすぐさま、「えっ！」と声をあげてしまった。中尾が春菜に言った言葉に、ショックを受けたのだった。

「お姉ちゃんのエッチビデオ見たから、オ××コ、こんなに濡れてんのかなあ？」

中尾はそう言ったのである。広畑の手がスカートの中に入ってきた。が、そんなことは大して重要じゃないとすら美苗は思った。目を皿のようにして、中尾を見た。何か、聞き間違いをしたのではないかと思った。が、そうではなかった。

「お姉ちゃんがどびどび顔シャされんの見て、あたしも男のエキス、顔にかけてほしいって思ったのかい。えっ？　うちのダンナさん、この人たちみたくたくさん精液出ない。この人たちのこってりしたカルピス一リットル、鼻でも口でも息できないくらいかけてほしいって思ったのかい。そんでここ、こんなにしてんのかな？」

中尾の手が大きく動いた。

「あっあ！　いっ……いやです……かんにん、してください。お願いします」

「だけどあんたは、勘弁されないことしたんだぞ？　忘れたのかい」

「……」

春菜が首を回し、不安げな目つきで中尾を見た。どんな〝勘弁されないこと〟を自分がしたのか、思い当たらないふうである。涙なのか、目が潤んでいる。

「なあにぃ？　その顔は。だけどほんとかわいい顔してるねえ。赤いお口もぷくってしてて。二十三歳にしちゃあ、ちょっと幼いかなあ。せいぜい二十歳ってとこか。亜果音とおんなじくらいに見えるもんな」

中尾がスカートから手を抜き、あごにかけた。

「あの……あたし……どんなよくないこと……したんでしょうか」

「あ〜ん？　やっぱり忘れちゃったのかい。オツム、よさそうな顔してるんだけどなあ」

と言うなり中尾は両手で春菜の顔を包み込み、唇を奪った。

「むっ！　むうっ……んむう！」

春菜が苦悶して胸をくねらせた。中尾の腕の下から、てぷてぷ弾む右の乳房が見える。

広畑がショーツの中に指を入れてきた。いつのまにか、パンストのゴムから手を入れていたのだ。

「あ……」

美苗は広畑の手をたしなめようとして、思いとどまった。何も知らんふりをしていればいいのだ。それがベストなのだ。しかしまた、失敗してしまった。

「妹の新妻さんは、あんたのビデオ見せてやったら、目、とろけさせてたよ。やっぱり姉妹ってことかなあ」

広畑が耳に口をつけ、そう言ったからである。

(ああ、ウソ……)

死にたいくらいの恥ずかしさに、美苗は耳をふさいだ。その手を外された。広畑が続けた。

「あんたのアナルバイブのアップんときゃ、おヒップ、もぞもぞさせてんだから。自分もしてほしくて、マン汁どころか、ケツ汁も垂らしてたんじゃないかな」

広畑はわざとささやくように言っているが、春菜の耳に聞こえているのは間違いない。自分よりもずっと、春菜は恥ずかしい思いをしてるんじゃないかと、美苗は思った。

中尾がキスをやめ、次の行為に移った。春菜に最初の体位を取らせた。カットソーの肩をめくり下ろし、ブラジャーのフックを外して胸をゆるめた。

クリームを溶かし込んだような色の乳房が現れた。半年ばかり前、たまたま聞いたのによると、春菜のバストは八十八センチのCカップだという。いわゆる吊り鐘形というのか、中央部が豊かに張った、まるまるとした乳房だ。その部分を狭めれば、美苗のような砲弾形になり、美苗と同じFカップとまではならないとしても、Eカップは楽にありそうだ。結婚して二カ月、今はもうDカップにでもなっているだろうか。

中尾が乳房を両手にすくい取った。乳首を両方とも、三本の指でつまんだ。くりくりした。左の肩越しに顔を回した。

「あんたのダンナさんはだ、お姉ちゃんにこうするんだって。お姉ちゃん、こうされんの、好きなんだって。燃えるんだってさ」

唇が左の乳首を吸い取った。指はくりくりを続けている。

「あ……あっ……あ……」

抵抗するにもできなくて、春菜は顔を歪め、ひたすら耐えている。

「どうだい、若奥様。にっくきお姉ちゃんになったつもりで、するかい。あんたのダンナは、このお姉ちゃんにそうやって気持ちいいこと、してやってんだぜ」

美苗の秘毛をまさぐりながら、首を伸ばし、広畑が言った。

「ウソッ！」

喉まで出た言葉を美苗は飲み込んだ。何を言ってもだめ、黙っているのが一番なのだ。「このお姉ちゃんはな、パンティはいたまま愛撫されるのも好きなんだ。こないだなんか、おれのチ××、フェラしながら、自分でパンティ、ぐいぐい引っ張り上げておマタに食い込ませて、オナニーしてんだから。もうパンティ、マン汁でべとべと」

まるでそれを確かめるように、広畑が秘唇に指を潜り込ませてきた。中尾が春菜の胸から顔を離し、言った。

「それと同じこと、あんたのダンナにさせてよがってるって言うんだよ。ここの亭主が言ってんだから確かだと思うよ」

「ここの亭主は変態男でなあ。あんたもひどい男、義理の兄さんに持ったもんだけど、さっきあんた見たビデオ、あんたのダンナに見せたのは、ここのダンナなんだからさ。それでたきつけて、てめーの妻と関係させたってわけさ」

そう言って広畑が美苗から離れ、春菜の前に腰を下ろした。

（ウソッ！　みんなウソです！）

美苗はそう叫びたかった。が、そうさせないものがあった。自分の夫、啓介が、普通の感覚の持ち主でないのは、三日前、自分も知った。抵抗したり怒ったり、すべきことをしないで、啓介はペニスをそそり立たせ、亜果音の手で大量にほとばしらせたのだ……。

広畑が春菜の膝に手をかけた。

「あんたのオ××コ、まだ誰も見てないんだっけな。新妻の新鮮なの、ご開帳っていくかい」広畑がぐいと、春菜の膝を割った。そのとき、玄関のドアが開くのが伝わってきた。

「お？　ここのダンナ？　そうか、春菜奥様の今日のお相手がご帰宅か。美苗奥様、ダンナ様をお出迎えお出迎えー」

春菜の膝を撫でながら、広畑が言った。美苗は立ち上がった。逃げることもキッチンから包丁を持ってくることもできる。が、〝できる〟というだけのことである。

4

玄関に出ると、啓介はドアを閉めたところだった。脱ぎ散らかしてある靴を見回し、顔を上げた。血の気のない顔をしている。目が、ギョロリとしている。いつもきちんとしている髪がばさついている。中尾だったかがそれらしいことを言っていたが、彼らとはとっくに連絡がついているのだろう。

「……来てるのか」

とだけ言って、啓介はカバンを上がりかまちに置いた。

「……」

美苗は黙ってうなずいた。服装は乱れていないはずだ。Tシャツもスカートも、ソファを起ったとき、直した。が、雰囲気で広畑に触られていたことはわかるかもしれなかった。いずれも似たようなものか。

美苗が先に立ってリビングに戻った。

「あっ！　……」

入ったところで美苗は立ちすくんだ。春菜がふたりに破廉恥な格好をさせられていたのだ。

さっきとそっくりに、春菜はソファに腰掛けた中尾の膝の間に入っている。両手も、膝に回させられている。が、足の方は、さっきとは違っていた。両膝を立てさせられ、大きく開かされている。まさしく〝ご開帳〟だ。抵抗のしようのない春菜は、哀れにも肩より低く頭を垂れている。

後ろで啓介が、うっ！　と唸り声を漏らすのが聞こえた。

「よお、ダンナ、遅いじゃないか。約束の時間はとっくに過ぎてるぜ」

中尾が、カットソーをはだけた白い胸を撫でさすりながら言った。妹とはいえ、匂い立つような色っぽさだ。二十三歳、新婚間もない人妻と聞いては、彼らは黙っていられなかったのだろう。

「あ、はい、ちょっと、道が混んでましたもんで。タクシーで来たんですけど」

まるで下僕のように啓介が言った。

「誰が言い訳しろって言ったんだい。早くヒロちゃんの後ろに回って見ろ。さっきからこうやってあんたのこと、待ってたんだぜ」

「え……あ、はい……」

啓介がオドオドした目をさまよわせた。何回か、春菜を見た。自分のせいで義妹がこんなことになっている、という思いがあるのだろう。

「おいこら、いつまで待たせる気なんだ？」

広畑が大きな声を出した。ふっとぶようにして啓介が広畑の後ろに移った。中尾が美苗にあごでうながした。美苗も広畑の後ろに行った。

「新婚さん、顔、上げな。今日のあんたの相手だぜ。お兄様」

中尾が春菜に言った。春菜が二、三センチ、顔を上げた。が、髪に隠れて見えない。

「あれー？　聞こえなかったんかなあ？」

言うが早いか中尾は春菜の右耳に口を当て、「顔、上げろって言ってんの！」とわめいた。春菜が体を弾ませた。

「ほら、あんたのダンナを奪った実のお姉ちゃんと、あんたとオ××コしたくてうずうずしてるお兄様だよ」

中尾が左耳に口をつけて言った。春菜は口をややとがらせ、びくびくしている。今度大声を出されたら、と思っているのだろう。

「いいかい。よーく聞きな。このお兄様が、あんたのお姉ちゃんのエッチビデオをダンナに見せたわけだ。ダンナをそそのかしてお姉ちゃんを抱かせたのも、このお兄様。だけど、真のねらいは、あんたのこと、抱きたいって思ってたわけだ。ようするに姉妹スワップっていうやつだよな。それをたくらんでおったわけだよ、このお人は」

「……あっ……あの、ぼくはそんなこと……」

啓介が、異義申し立てをした。

「黙ってな！」

広畑が振り向き、啓介をにらみ上げた。

「変態男は黙ってりゃいいの。ごたごた言ってると、高速走ってる車の窓から子供、逆さまにぶら下げるぞ」

ゾッとして、美苗は身をすくませた。そうだ、夏枝は今頃……。松川は「百八十キロは出さない」とか言っていたが……。亜果音はちゃんとめんどうを見てくれているだろうか……。看護師になる子なんだ、まさかケガさせるようなことはしないだろうが。

「義理の妹とオ××コしたいって言うんだからさせてやろうじゃないの。あんたにとっちゃ仕返しだし、あんた自身、お姉ちゃんに仕返ししたいって言ったんだしさ。義理マンていうのとは違うのよー？」

「あ、あの……あたしそんなこと……」

春菜が顔を立てた。中尾が両手で春菜の顔を抱え、右の耳に口をつけた。またわめこうというのである。

「あ！　お願いです！」

春菜があわてて叫んだ。

「何がお願いなのっ？」

春菜より大きな声で中尾が叫んだ。

「耳が……鼓膜、破れちゃいますっ！」

言うと同時に春菜が泣きだした。中尾が今度は左耳に口を当てた。春菜が涙を振り飛ばしながら、ぶるぶる、顔を横に振った。

「泣くのはオ××コしてからだっての。たっぷりよがり泣きな。いいかい、耳元で大きな声出されたくなかったら、おれの言うこと聞くの。それがいいと思うよ」

春菜が子供のように顔を忙しくたてに振った。涙がぽたぽた垂れた。

「言うこと聞かなかったらほんとに鼓膜が破れちゃうかもしれないからな。言っとくけど」

春菜が、濡れた目をまんまるにしてうなずいた。

「じゃ、愛する義理のお兄さんに、自分でご開帳してみせな」

中尾のその声と同時に、広畑が脇にずれた。

膝をM字形に立てさせられている春菜は、モカブラウンのパンストのヒップを剝かれていた。パンストの下にスカイブルーのショーツが見えている。ショーツもいくらかずり下がっているようだ。

春菜は、すぐには行動に移らない。

「おい、お姉ちゃんや、耳搔き、持ってきてくれ。マッチ棒でもヨウジでもいいぞ」

中尾が美苗に言った。

「えっ？　あっ、はいっ！」

春菜がはじかれたように啓介の膝の下から手を抜いた。もう泣いてはいられない。

「ナカちゃん、これでやったら？」

広畑がソファの下に手を差し込み、何かを取り出した。U字クリップだった。

「ほーっ、いいもんがあるねえ。ここの奥様がちゃーんと用意しといてくれたわけね。ほんと妹思いのお姉さんだこと」

中尾がクリップの半分を伸ばした。

「これを鼓膜に刺してピアスってことにしよう。なかなかのアイデアじゃん？」

クリップの先を左耳に近づけた。

「脱ぎます脱ぎます！」

春菜がヒップをもぞつかせ、パンストを膝まで降ろした。モカブラウンの下から、すべすべ真っ白の腿が現れた。ショーツを脱ごうと手をかけた。

そこで中尾がストップを命じた。啓介を春菜の前にしゃがませた。それから顔を足と足の間に入れさせ、兵隊のほふく前進の格好にさせた。啓介は中尾に命じられるまま、顔をもたげ、今にも匂いを嗅ぎだしそうなあんばいだ。

「よーし、パンティ脱げー。お兄様にぬれぬれマ××、お見せしろー」

春菜があごをぐっと引き、右のヒップを浮かした。ショーツの右側がヒモ状になった。左のヒップを浮かした。左も同じになった。立っている美苗に、恥唇は見えない。啓介には、下のほうは見えているかもしれない。お尻の穴ぐらいだろうか。

「ちゃんと脱いだのかあ？」

中尾が肩越しに覗いた。春菜があわててショーツをずらした。

5

美苗にも秘唇の下の部分が見えた。ちょうど膣口のところだ。その下にくすんだ桃色のお尻の穴が見える。何だかぬめぬめしているように見える。

恥毛はわずかしか見えない。自分も濃いほうではないが、春菜もそうらしい。正面からなら見たことはあるが、まさかこんなアングルでなんて、見たことはない。

「パンティもパンストも足から取んな」

中尾が言った。ショーツはそのままの状態で、春菜がパンストを抜き取った。桃色のわれめの下半分を見せているショーツを、するすると脱ぎ取った。丸めて、左足のところに置いた。

(やーらしい……)

美苗は思わず目をそらそうとした。妹の性器とはいえ、いや、だからこそなのか、あまりにも淫らに思えた。ちょうど和式便器にまたがっている体位である。裸の淫部である。薄い恥毛がクリトリスのところだけ、もそっと寄り集まっている。その上の陰阜は、クリーム色の地肌が見えるほどだ。

「パンティ開いて、裏返しにしな」

中尾が命じた。春菜が左手でショーツを取り上げた。がっくりとうなだれている。放心しているようにも見える。中尾が、伸ばしたクリップの先を左耳に刺した。

「あっ！」

春菜が絶叫し、弾みでショーツを放った。スカイブルーのショーツが啓介の頭に落下した。

こりゃーいいや！　似合ってる似合ってる！　中尾と広畑が大笑いした。

「ほらあ。今度はほんとに鼓膜に刺しちゃうぞ？」

中尾がチクチク、耳たぶを刺した。春菜が半べそをかき、啓介の頭からショーツを取った。裏返しにした。が、表に見せているのはヒップの部分である。

「誰がそんなとこ見せろって言ったのお？　あんたのオ××コ、夢にまで見てたお兄様に、ぬるぬるマ××が当たってたとこ、お見せすんの」

泣く泣く春菜が言いつけに従った。パンティのボトム部分が露出した。濡れていた。汚れてもいる。生クリームを塗りたくったように細長いしみができている。

その縁に透明な液体が滲んでいる。

「おい、そこの兄さんや」

中尾が手裏剣のようにして、クリップを啓介の顔に投げつけた。

「パンティ、どんなになってる？　言ってみな」

「……どんなって……」

「バカ野郎、そんな訊き方があるかい」

中尾の言葉を引き取り、広畑が行為で示した。カーペットに落ちたクリップをつまみ取ると、啓介の右こめかみに刺した。

「あうーっ！」

啓介が頭を抱え、カーペットに突っ伏した。その格好で言い直した。

「どんなというのは、どういうことですか」

「誰が言い方変えろって言ったの。ええっ？　義理の妹のパンティ、どんなふうか、それを言えって言ってんでしょうが」

中尾が怒鳴った。左足で、傷ついた右こめかみを蹴った。

「あ、はい……」

啓介がこわごわ頭をもたげた。

「はよ言ってよ。イライラすんなあ。とっとと言わんとこうだぞ」

広畑がまた、同じ箇所にクリップを刺す。

「あうっ！　ちょっ……ちょっと、色がついてます」

「色か。まあいいや。なんでそんなになってるか、わかるか」

　中尾が訊いた。

「さあ……わかりません」

「あんたの奥様がおれたちとオ××コしてるの見て、濡れ濡れになっちゃったんだよ」

「……」

　何とも答えず、二、三度、啓介がうなずいた。ビデオのこととは思っていないようである。

「義理の妹のオ××コって、どうだい。きれいかい」

「……」

　真正面を見て、啓介がこくん、こくん、うなずいた。

「あんたの奥様と比べて、どうだい」

　啓介が顔を上げた。美苗には啓介の視線は見えないが、中尾の顔を見ているらしい。

「時間とらすなっての。何度も何度も」

広畑がイライラした声で言い、次に、右耳の後ろを刺した。

「あううーっ！」

啓介がうなじを両手で押さえ、体をくねらせた。苦悶しながら言った。

「妻よりも……若いです」

「アホッ！　妹なら若くて当たり前だろ。きれいか汚いか、それを訊いとんの」

広畑が、啓介の指と指の間から刺した。

「あっあ！　やめてください！」

啓介が手と腕で首から上をおおった。

「何を？　これをやめろって言うんかい？」

広畑が背筋を刺し続けた。何カ所か、ぷつぷつ、血が滲《にじ》んだ。

「あー、ああっ、言います言います。きれいですーっ」

腰を上下させ、啓介が言った。

おや？　と美苗は思った。何か、変だ。血が出るほどの痛いことをされているはずなのに、妙な反応なのだ。

「あんたの奥さんは汚いか」

「……いえ、そんなことはないと思いますけど」

その答に、中尾と広畑が声を合わせて笑った。

「妹のパンティの匂い、嗅ぎたいか」

「……はい……」

大名に頭を垂れる町人のように、啓介がうなずいた。

「恥垢べっとりの汚れ、ぺろぺろ舐めたいんだろ」

「は……はい」

「おい、若い奥さん、あんたのきれーなオ××コがくっついてたパンティ、お兄様の鼻にくっつけてやんなよ」

「………」

すぐしないとひどいことをされるのがわかっていて、春菜がたおやかなしぐさで中尾を振り向いた。

中尾が春菜の首に両手をかけた。ぐうっと絞めた。春菜の顔が紅潮した。目は、哀しく中尾を見つめている。中尾がにんまりした。顔を近づけた。唇を重ねた。

数秒たって口を離し、中尾が言った。

「あんたはほんとかわいい嫁さんだなあ。ええ？　どうだい、このほっぺのかわいいこと」

中尾がひたひたと、左のほっぺたをたたいた。

「さ、わかったな？　言ったことはやんな。マン汁で濡れ濡れのとこ、お兄様の鼻にこすりつけてやんな」

春菜が哀しい目でショーツを見下ろした。その目を啓介に向けた。啓介の顔は、美苗には見えない。春菜が言われた部分を差し出した。啓介は、身じろぎもしないでいる。

「鼻にこねこね、こすりつけてやんな」

中尾が命じた。春菜の手が動いた。啓介の肩が小刻みに震えた。

「おい、義理のかわいこちゃんのオ××コ、触んな。われめに指、入れな」

中尾が啓介に言った。啓介の右手が動いた。蛇のように伸びた。中指の先が小陰唇に触った。

「おーっと、そこでストップだ」

中尾が上から手を伸ばして啓介の手をつかんだ。

「これは、おまけだ」

そして、淫唇をちょっとだけくじらせた。

ぶるぶる、啓介が体を震わせた。腰がかすかにリズムを打っている。射精していることは疑いなかった。が、そんな夫をさげすむ気持ちは不思議と起きない。それよりも美苗は、夫の喜悦のほうに興味を持った。

と、弾む夫の腰とオーバーラップして夏枝の姿が浮かんだ。ハッと現実に戻った。

（亜果音さん……）

自分のことをやさしく抱いてくれたように、亜果音が夏枝をしっかり抱いてくれていることを、美苗は祈った。

第六章　絡み合う女体

1

啓介の指が春菜の恥唇にくじり込み、上下した。ぬちゃぬちゃ音がたった。春菜がM字形に立てた腿をわななかせた。啓介の鼻から春菜のショーツが離れた。

「ダンナさん、いつまで触っとんの。いいかげんにしないかい」

広畑が啓介の腕を引っ張った。うつぶせになっていた啓介がバランスを崩し、カーペットに顔から落ちた。

「若奥さん、あんたの義理のお兄様が、どんだけあんたのオ××コに興味を持ってたか、わかるでしょ？」

中尾が春菜の左耳に言い含めるように言い、立つように啓介に命じた。啓介はみんなからよく見えるところに、立たされた。

スラックスを脱ぐよう、中尾がにたにたして言った。啓介がちょっとためらいを見せた。広畑が足の甲にクリップの針を刺した。うわあ！　と啓介が飛びすさる。元の位置に戻れという広畑の指示で、刺された左足をかばうようにして、啓介が戻った。

「ズボン脱げって言ってんの、わかんないのかな？」

広畑が針をほぼ同じポイントに向けた。

「あ、はい、わかってます」

啓介が、間の抜けた言い方をして、ベルトを外しにかかった。

ブルーグレーのスラックスがするする落ちた。二十四時間ばかり前にはいた白のブリーフがもっこりしている。二メートル以上離れている美苗の鼻にも、男特有の匂いが届いた。

「パンツ、脱ぎな」

中尾が言った。

「……脱ぐんですか」

啓介がまた間の抜けた言い方で訊いた。とたんに広畑の針攻撃に見舞われた。アチッ！　と悲鳴をあげ、片足で跳びながら啓介はブリーフを下げた。うだったような色をした肉茎が腹に直角に突き出ている。中尾が春菜にブリーフを足から抜き取るように言った。春菜が困惑した目で美苗を見、首をひねって中尾を見た。中尾がさげすむように笑った。

春菜が中尾の膝から離れ、啓介の足元ににじり寄った。膝の上あたりまで下げられているブリーフに指をかけ、さらに下ろした。そして足から抜き取り、カーペットの上に置いた。

「拾いな。ダンナもだ。物々交換とシャレこもうぜ」

中尾の言葉に、広畑が声をあげて笑った。そのとき、サイドボードの上のコードレスホンが鳴った。中尾が美苗にあごで示した。

「あたしだけどお、ナカちゃんかヒロちゃんお願いー」

亜果音だった。美苗はそばにいた広畑にあわてて手渡した。

「おー、亜果音じゃないか。高速に乗ってんのか？　まだ事故ってないだろうなあ？」

うんうんとうなずいて、広畑がみんなに言った。

——亜果音たちは東関道を成田に向かって走っている。それほど混んではいないが、百四十キロくらいしか出せない。三車線、あっちこっちぬって飛ばしている……。

「そんで、いつでもかわいい娘さん、窓から宙ぶらりんにできるんかい」

広畑がそう言ったので美苗は飛び上がった。さっきも広畑は同じことを言ったのだったが、でまかせでもないようだ。

「ん？　あ？　そうかい……なら、大丈夫なんだ」

美苗たちににたにた笑いを向けながら、広畑が大きくうなずいている。

「じゃ、そうしてくれ。そっちにまかせっから」

と言って広畑は電話を切った。

「おーし、義理のお兄さんと妹で物々交換しな」

中尾が言った。春菜が、手にしていた自分のショーツを啓介に渡し、カーペットに置いた啓介のブリーフを取り上げた。

「お兄さんはかわいい妹さんの濡れ濡れおパンツ、好きに使いな。いいか？　言っとくけど、中途半端なことはすんじゃないぞ？　ふざけていいかげんなことしたら、赤ん坊は車の外だぞ。忘れんな」

それから中尾は春菜に、啓介のブリーフを裏返して調べるように言った。春菜が中尾の左足のところで、ブリーフを引っ繰り返した。啓介は春菜の横に突っ立ったまま、ショーツを握っている。

「ナカちゃん、何て言ったっけな」

広畑が啓介に近寄った。啓介が落ちるようにしてカーペットに座った。スカイブルーのショーツを引っ繰り返し、目を近づけて汚れの箇所を見た。それを横目に見て、中尾が春菜に言った。

「どうだい。義理のお兄さんのパンツ、どうなってる?」

「……よご……れてます」

春菜が小さい声で答えた。

「何でそうなった」

「……」

「聞こえなかったのかい」

「いっ、いえっ……あの……その……興奮して……だと思います」

「何にだい。もったいぶらんで、ひとまとめにしゃべってくんない?」

「あの……あたしの……」

春菜が真っ赤になった。目はブリーフを通り越して、カーペットを見ているようである。焦点が合っていない。

「ひとまとめにって言ったでしょー？」

中尾がソファから立ち上がった。

「あっ、あのっ、あたしの性器に触ったからじゃないかと思います」

「セーキィ？　ちゃんと一般人にわかるように言ってくれませんか？」

「……」

春菜が喉を突き出し、ますます顔を赤らめた。中尾の右手が春菜の左耳にかかった。ひねり上げた。

「うわあーっ！」

春菜が耳を押さえる。指に引っかかっているブリーフが顔をおおった。

「聞こえてんならちゃんと言いなよ。おれはあんたのこと、いじめたくてこんなことしてんじゃないんだぞ？　あんたが意固地になって言うとおりにしないからだろ。なあ、あんたのお義兄《にい》さん、何に触ってイッちゃったんだ？」

「あ……オ……オ×……ン、コ……にです」

「続けて言わなくちゃわかんねーなあ。おれ、アッタマ悪いからよ」

「オ××コ……にです」

「そーかそーか。おりこうさんだ。新婚さんだけあって初々しくていいわなあ」

中尾が上機嫌に、春菜の両頬を撫でた。

2

頬を撫でながら、中尾が春菜に舌を出させた。春菜は、焦点の定まらない視線を、一メートルばかり前のカーペットに向けている。子供の頃、母に叱られて途方に暮れたときなど、春菜はしばしばそんな顔をしていたものだ。

「お義兄様の精液、舐めな」

中尾が言った。

「……」

春菜が視線を中尾に向けた。

「耳、ほんとに聞こえなくなりたいのかい？　手術費用は出さないぜ？」

中尾の声に、春菜はハッとわれに返ったようになり、ブリーフを捧げ持って舌をつけた。白い布地にこってり盛り上がった啓介のザーメンを春菜が舐め取るのが、美苗の目にもはっきりと見えた。

「どうだい。ンめーかい」

口元を歪め、中尾が言った。

「……」

春菜が頭を斜めに動かした。うなずいたようでもあり、否定したようでもある。

「ンめーかまじーかって訊いてんの」

「おいしいとかまずいとか……そういうのは、わかりません」

顔を上げ、春菜が言った。

「じゃ、どういうのならわかるんだい。言ってみなよ」

「……その……男の人の味……女の味したら……します」

「当たり前でしょーっ！　女の味したらどーすんの。しゃーねーなあ、新婚さんは」

目と眉をしかめて中尾が言った。

「すすんな。お義兄様の精液、ちゅるちゅるすすって飲みな」

中尾が春菜に命じた。春菜が哀しい目を中尾に向けた。中尾が春菜のほっぺたを両手で挾み、おちょぼ口にさせた。

「この口のまんますすんな。ちゅーちゅー音たてでだぞ」

春菜が肩を少しすぼませた。オエッという感じである。口をつけようとするが、またオエッという顔をして、今にも吐きそうだ。

「お義兄様のザーメンすすって飲むのとチ××おしゃぶりすんのと、どっちいい？　二者択一」

中尾の言葉に、春菜が目を輝かせた。

「あの……口で……だけでいいんですか」

口に射精するのかどうかと訊いている。

「義理の妹の口に射精したいかどうか、お義兄様に訊いてみなよ」

啓介がびっくりして顔を上げた。義妹のスカイブルーのショーツを、両手に捧げ持っている。哀れすぎる姿である。ペニスは立っている。ということは、本人としては〝哀れ〟と思っていないわけか。

「どうしても……ですか……」

春菜が苦しそうに身を揉んだ。両手でブリーフを洗う動きになった。指にぬるぬる、精液がついて光った。

「おい、ダンナ、義理の妹さんにフェラしてもらうとしてだ、そんだけでいいか、イクまでしてもらいたいか」

春菜に代わって中尾が訊いた。

啓介が、ぼーっとした顔で中尾を見た。その目を春菜に向け、そしてちょっとだけ、美苗に向けた。が、美苗を正面にとらえる見方ではなかった。

「必ず……するんですか」

「アホ！　自分からそんなこと訊いてくんじゃないの。今度そんなこと言ったら、ただじゃすまんぞ。おれが言ってんのは、フェラすんならイクまですっかどうか、っちゅーことだ。訊いたことだけ答えな」

「……いいです」

持っているショーツに顔を落とすようにして、啓介が答えた。そのとたん絶叫した。広畑が針を刺したのだ。

「それじゃ答えになってないだろ」

頭を抱えてうずくまっている啓介のうなじに、また広畑が刺した。

「はっはい！　イクまでしてください！」

啓介が頭もうなじも抱え込み、叫んだ。

「って。どうする？」

中尾が春菜のあごをすくい上げ、訊いた。今にも口づけをしそうな感じだ。が、春菜がザーメンを舐めたので、したくてもできないようだ。

「……あたしそういうの……まだ、よくわかんないんです」

春菜が、聞こえるか聞こえないかの声で言った。精いっぱいの拒否なのだろう。

「そーか。新婚さんだもんな。わかんなくてもしゃーねーかもな」

中尾は広畑ににたにたした顔を向け、

「どーする？　ヒロちゃん。わかんないんなら、わからせてやっか。それがこの道の先輩のつとめかもなー」

「だったらいっそのこと、ナカちゃんのでっけーの、しゃぶらせてやれば？　それこそ親切ってもんでしょーが。一回で、よーくわかるだろうし」

広畑もにたにたして言った。ふたりの間にある種の〝了解〟ができているのを、美苗は感じた。

「しゃーねーなあ。新婚の奥さんのためだもんなあ。一肌脱ぐとすっか」

中尾が立ち上がった。春菜の前に仁王立ちになった。春菜がうつむき、ぶるっとした。中尾がジーンズのファスナーを下げるように言った。二秒ぐらいして、春菜が顔を上げた。中尾がまた、命じた。再び二秒ぐらいして、春菜が両手を上げた。

「おいおい、その指、変態男の精液、ついてんじゃないの？　きれいに舐めてからにしてくれない？　頼むよ、ほんとにィ」

春菜が指示に従った。指を舐めるのはさほど苦痛でもないのか、春菜は両手の親指と人差し指と中指を、しごくように舐めた。「これでいいですか」という目で、中尾を見上げた。

中尾が大きくうなずいた。春菜がファスナーに右手の指をかけ、下まで引いた。それから指示されて、ボタンを外した。ジーンズがずり落ちる。ブルーの迷彩色のブリーフをはいている。巨大で鋭いテントをなしている。それを脱がすように中尾が言った。何回か失敗して、春菜はブリーフをめくり下ろした。

肉幹がビイン！　と反り返った。中尾が〝意志〟でそうしたように、美苗には思われた。

ついでだと言って、中尾はジーパンとブリーフを足から抜き取らせた。逞しい下半身が現れた。性器は言うまでもなく、筋肉にしても、黒々と生え広がった体毛にしても、およそ啓介の比ではない。

「よーし、フェラ、いこうかあ」

と言ったかと思うと、なんと中尾は啓介のほうを向いたのである。

3

驚いたのは啓介である。ぶったまげた顔をして、目の前にそそり立つ巨根を見上げている。

「どうしたい。フェラ、嫌いかい」

ビンビンビンと、中尾が肉砲を上下させた。啓介は「あ」の口をしたまま中尾と肉砲を半々に見ている。いつ口に突っ込まれるかと、心ここにあらずに見える。

クリップの針をつまんでいる広畑が啓介の背中に回った。啓介が絶望的な表情をした。

「ナカちゃんが何て言ったか聞こえなかったみたいだな。耳の穴ふさがってるのかな？　開けてやろうか？」

広畑が啓介の左肩をつかんだ。

「いっいえっ！　聞こえました」

「なら、何で答えないの。おちょくってんのか？」

「いっ、いえ。そんなことありません」

啓介が、肩をつかんでいる広畑の手から逃れようとするかのように体を右にひねり、広畑を振り向いた。

「どっち向いてる。ちゃんとナカちゃんの顔見て答えろ」

ごすっと、広畑が啓介のこめかみをゲンコツで殴った。バネ仕掛けみたいに啓介の顔が正面を向いた。唇が亀頭に触った。「アッ!」と啓介が顔をのけ反らせた。

「何が、アッ、だよ。フェラ、好きか嫌いかって訊いとんの」

中尾が砲身を突きつけた。啓介が首を折ってのけ反った。広畑がぼんのくぼに針を刺した。

「わあっ!」

と叫ぶ声がくぐもった。口がまともに亀頭にかぶさったからだ。

「あわうっ!」

顔が右横に逃げた。が、悲鳴と一緒にすぐもとに戻った。広畑が右耳を刺したからだ。顔を天井に向け、啓介が体をこわばらせた。

「わーわーだけじゃわからんだろ。質問にちゃんと答えろっての!」

中尾が肉砲をしごいた。

「は、はっ、はい！」

寄り目になって鼻先の亀頭をにらみながら啓介が言った。

「すっ、好きじゃ……」

ごつっと、広畑が後頭部をなぐった。顔がうなずいて、亀頭が鼻の穴をこねくった。ねっとりと透明な液体がつくのが見えた。

「好きならやんなよ。ほら。ほらほらーっ」

広畑が後頭部をぐいぐい押した。

「あっあ……ぼっ、ぼくは、好きじゃないって……あわっ！　……言おうと、あうう っ！　……したんですぅ」

「好きじゃない？　ほー！　好きじゃないってことは、したこと、あるわけだ。だからわかるわけだよな」

途中から中尾は顔を右に回し、美苗を振り向いた。

「奥様も大変だね、ゲイのダンナ持って。だから欲求不満になって、人前でオナニーしたりしてみたくなるってわけだ。なーるほどな、これで読めたわ」

「あっあの……ぼくはゲイじゃありませんけど」

びくびくした口調で啓介が言った。

「夫がゲイってことは、妻がレズって可能性、大じゃないかな？　最近そういう夫婦、増えてるって言うし。奥さん、あんたレズなのかい？」

　美苗は首を横に振った。

「そおかあ？　そういう顔、してるぜ？　腰つきもそうだし、オナニー、大好きだし。結婚したのも子供作ったのも、世間の目、だまくらかすためなんじゃないの？」

　広畑が合の手を入れた。

「両刀使いかもしれんけどな。チ××舐めるのも大好きだから」

　と中尾が言うと、

「言えてるかもな、それは。よっ、両刀使いのお姉ちゃん、かわいい妹さんの服、脱がせてやんな。パッパパッパッとだぞ」

　中尾が言った。春菜はすでに下半身裸、上もカットソーははだけられ、ブラジャーもただ引っかかっているだけ、という姿である。

　美苗は春菜の前に歩み寄った。指示に従わないのは、何の意味もない。カットソーを腕から抜き取った。ブラジャーも取った。

「ダンナも裸にしな。スッポンポンにだぞ」

中尾が命じた。啓介も下半身裸である。美苗は上も裸にした。

「靴下も脱がせてやんな。せっかくだものなあ」

自分でうなずきながら中尾が言った。美苗は言われたとおりにした。

「おい、夫、おれのデカマラくわえて原液カルピス飲むのと、希望どおり義理の妹を妻の前で抱くのと、どっちか選べ。三つかぞえるまでだぞ。いっち、にー、さ……」

「後です！」

啓介が叫んだ。ペニスがピクンピクンした。今やなえていて、中尾の四分の一もないが、それでも弾む程度の硬度はあるらしい。

「後ってのはどういうことだい。ちゃんと答えな」

「あの……春菜さんと……」

ツルのように首を長くし、啓介は言葉が出ない。背中にいる広畑の体が動いた。

「うわーっ！」

啓介が頭を抱えて転がった。真っ赤な顔をして苦しそうに呻き、涙を浮かべた目で、

「お願い、ですー。やめてくださいよ……」

「いやならはっきり言やあいいだろ。おれたちゃ、ぐじゅぐじゅすんのが大嫌いなんだよ。もいっぱつ、いくか？」

広畑が針を突き出した。

「わかりました！　言います言います！」

啓介が右手のひらを顔の前に出して謝った。中指の第二関節あたりから手のひらの真ん中にかけて、一直線に血がついている。

「言いますってのと言うのとは違うんだよ」

広畑のおどしに、啓介が中尾に向き直り、言った。

「春菜さんを……抱かせてください」

こわばっている全裸の中で、ペニスだけが別物のようにぴくぴくした。同じく全裸でかしこまっている春菜が、体を縮かめた。

「ちょっと訊いておきたいんだけど、抱くっちゅうのはどういうことだ？　くわしく言いな」

口元を歪め、中尾が言った。

「あの……セックス……することです」

「セックスだあ？　お高くとまった言い方すんじゃないの。誰にでもわかるように言いな」

「オマ……オマ……オマ……」

「バーロー！」

広畑がゲンコツで後頭部をなぐった。

「おまえはヤマノアナアナ、か。おちょくるのもいいかげんにしろよ」

「オ××コ、です」

「誰の何を誰の何にどーすんのか、キッチリ言いな」

中尾がうんうん、うなずきながら言った。

「ぼ……ぼくのペニスを……」

「バーロー！」

広畑のパンチがまた後頭部に炸裂した。啓介がダルマさんこぼしみたいに、倒れるぎりぎりで体を起こした。

「ぼくのチ××を春菜さんのオ××コに入れるんです」

中尾と広畑を半々に見、訴えかけるように啓介が言った。

「お願いですと、させてくださいをつけて言え。考えてもみろ。相手は義理の妹だぞ？　この変態野郎」

「お願いです。ぼくのチ××を、春菜さんのオ××コに入れさせてください」

言いながら啓介はうなだれた。が、それとは裏腹にペニスはむくむく、頭をもたげてきた。

「——だと。変態お義兄さんが拝んで頼んでるよ」

中尾が春菜の白い豊乳に手を伸ばして言った。ぶるぶるっと春菜が頭を振った。おびえたしぐさだった。

「話、受けて、あんたのダンナと姉さんに腹いせしたらどうなんだい」

「おね……お願いです。そんなこと、させないでくださいー」

言っている途中から、涙がせきを切って流れた。

「何でだよー。これで八方まるく収まるってもんじゃないか。誰に遠慮、いるもんかよ」

中尾が乳房を両方すくい上げ、揉みしだいた。

「信頼するお義兄さんに、ずこずこオ××コしてもらおう。ナ？　どんな体位が好みだい。バックか？　ン？　騎乗位がいいか。ハゲシくおケツ振ってよ」

「お願いです！　ほんとにかんにんしてください。あたし、おなかに赤ちゃん、いるんです！」

涙を振り飛ばし、春菜が叫んだ。

4

「ほうほう。それはおめでたいことで。結婚二カ月って言ったかい。なら、ハネムーンベビーってやつかな」

中尾がよだれを垂らしそうな口で言い、乳房をもてあそんでいた右手を下腹部に這わせた。

春菜が身ごもっているとは、美苗も知らなかった。こんなところで妊娠を口実にセックスを逃れようと、頭が働くわけもない。事実には違いないのだろう。

中尾の指がもしゃもしゃ、茂みをなぞった。

「あ！　やめてください！」

春菜が腿をすぼめ、遠慮がちに手をかぶせた。

「どけなよ。その手」

中尾がゆっくりした発音で言った。怖さを感じさせる声である。春菜が手を左右にどけた。

「股、開きなよ」

中尾がまた、不気味な言い方で言った。春菜が、正座している股を開いた。中尾の手が、陰阜全体をおおった。

「この中に愛の結晶があるってかい。え？　惜しいことしたなあ。おれが仕込んでやったのになあ。ええ？　おれのタネ……ほしくないかい」

春菜が口を嚙み締め、ぐ、ぐ、ぐうっとうつむいた。

「こっちの耳、また聞こえなくなったのかな？　じゃ、そっちの耳にしゃべろうかい」

春菜がハッとした顔を上げ、かぶりを振った。

「ン？　ほしくないかい。元気のいいタネだぞ？」

「ほしく、ありませ……ん。ごめんな……さいー」

首をひねって中尾の顔をまともに見、春菜が涙をほとばしらせた。

「そーかそーか、正直でかわいい女だ。いい人生、歩むだろうな」

中尾が顔を両手で抱え、ほっぺたにぶちゅぶちゅ、口づけの雨を降らせた。

「おれのタネはいらないけど、義理のお兄さんのタネなら、ほしいかい」

「……」

春菜が、弱々しく首を横に振った。

「ま、それはどうでもいいか。いずれ腹に子供がいるんなら、今は妊娠の心配、いらん道理だものな」

春菜がはじかれたように中尾を見た。「えっ」と、かすかに声を出した。桃色の舌の先っぽを覗かせ、唇は凍りついている。

「お義兄様がチ××入れさせてくださいって、ああして頼んでんだ。ちょっとだけでも入れさせてやんな。義理でも兄妹じゃないか」

ぶるぶるわななわな、春菜が首を振った。

「いやかい。何でだい？」

「流産……します」

「しないしない、大丈夫だって。流産なんて、そうそう簡単にするもんじゃないもの」

「しますうーっ！　するんですうーっ！」

と叫び、春菜は泣き崩れた。

「したらしたでいいじゃん。おれの元気印、仕込んでやっからよ。え？　おれのタネは流れたりしねーぞお？」

「ぼっ、ぼくがしますっ！」

いきなり啓介が大声を出した。みんながびっくりして啓介を見た。

「ぼくに春菜さんとセックス……オ××コ、させてください。ね、春菜さん、いいでしょ？」

啓介が目を剝いて訴えた。流産しないようにそっとするから、と言っているわけである。流産するよりは、いっときの恥に耐えた方がいいと、そう言っているのだ。

「なーに意気がってんの、オタクは」

中尾がさげすみの視線を投げた。

「おまえになんか、初めっからオ××コさせようなんて思ってないの。そんなこと、わからんかったんかい」

「そーゆーことそーゆーこと！」

広畑が啓介の裸の腿に、プップツチクチク、針を刺した。あわっあわっ、あわっと、啓介が逃げまどった。攻められて、部屋の隅にずり下がった。

「動くな。おまえはそこで見てろ」

針で威嚇し、広畑が命じた。

「さあーて、ハネムーンベビー身ごもってる人妻ってのはどうよがるもんか、見せてもらおうかなー」

中尾が後ろから春菜の両肩に手をかけた。春菜の顔から血の気が退いた。中尾が引いた。春菜の膝が浮いた。口を開け、両手を泳がせた。中尾が引いた。膝が床から四十五度くらい浮いた。春菜が両手をカーペットにつき、こらえた。中尾が引いた。足首が尻から離れ、前に飛び出した。

「おっとー！」

すかさず広畑が両足首をつかんだ。肩幅ぐらいに広げ、カーペットに押しつけた。

「いいかい。このまんま足、動かすな。動かしたらどうするかわかんないぞ？」

念を押すように言って、広畑がゆっくり手を離した。

「おうおう、かわいこちゃんは素直でいーわー」

中尾が笑いながら言って、フォールの体勢した。

「いいかい。肩も手も動かすんじゃないぞ。言っとくけど、聞き分けはよくしたほうがいいと思うぞ」

中尾も、手を離した。

色をなくした全裸の春菜が、大の字に近い格好で緊張している。目は空をにらんでいる。涙も枯れている。

5

中尾が美苗に目を向けた。

「脱ぎなよ。あんたも素っ裸になんな」

美苗は一瞬ポカンとして中尾を見つめた。まさか自分に声がかかるとは思っていなかった。まるで他人事として見守っていたのである。

「もたもたしてると、かわいい子供、高速道路の上、飛んでくことになるかもしんないぞ」

ヒャーッと冷水を浴びせられたように感じ、美苗はあわててTシャツを脱いだ。スカートを落とし、パンストとショーツを一緒にして脱いだ。最後にブラジャーを取った。

「ンーッ。なかなかだよなあ。子持ちで二十五歳とは思えんいい体してるもんな。おっぱい超特大。そこらへんのデカパイタレント、顔負けだ。口もぽってりしてそそるしよお。男だったら誰だってくわえてほしくなる口だよなー」

中尾がにたにた笑いを広畑に向けた。広畑も同じ顔をして小さくうなずいたりしている。ふたりの間にある了解ができているような感じだ。

「だけど女にも舐めてもらいたくなるような女なんだろうなあ。レズっちゅうから」

中尾の言葉に美苗はドキッとした。何をたくらんでいるのか。

「妹さんの股んとこにしゃがみな。股、もっと開かせな」

「えっ！　……」

と美苗は声をあげた。大の字になっている春菜が、ヒュッ！　というような喉音をたてた。

「もたもたすんじゃないよ。わかってるだろうけど」

広畑がクリップ針をもてあそびながら言った。

美苗は春菜を見下ろした。春菜が見上げている。「とんでもない！　まさかお姉ちゃん、言うなりになるんじゃないでしょうね！」と問う目つきである。もちろんじゃない、そんなバカなこと、するわけないでしょ。美苗は目で、そう答えた。

「どっちの子供、犠牲にする？　今、車に乗ってるほうか？　腹に入ってるほうか？」

春菜がハッとしたように、両手を下腹部に乗せた。その瞬間、中尾の手が躍り、春菜の頭をコツンとはたいた。

「わっ！」

春菜が足を跳ね上げ、頭を押さえた。

「手ェ、動かすなと言ったはずけどな」

中尾が怒鳴った。が、耳をふさいでいる春菜には聞こえなかっただろう。

「どっちの子供がいい？」

中尾がにやにやして美苗に言った。

「おーい、そっちに引っ込んでるダンナ、どう思う？」

美苗は啓介を見た。啓介はどう答えたらおだやかに収まるかとでも考えているのか、必死の形相で中尾をにらんでいる。あぐらをかいている股間は、性器が陰毛に埋もれんばかりに収縮している。

「おい。どうなんだよ。質問にゃすぐ答えろ」

啓介の一番近くにいる広畑が針を向けた。

「ぼっ！　ぼくがっ！」

針をいちべつし、中尾をまっすぐ見て、啓介が叫ぶように言った。

「はあ～？　何だあ？」

中尾が眉を寄せ、首をかしげた。

「子供の代わりに、ぼくの命、取ってください！」

「ほーっ！　見上げた根性じゃないか。ゲイのなんの言って悪かったな」

と言って、中尾が広畑にあごを突き出した。間髪を入れず広畑が啓介の腿に右手を伸ばした。

「うわーっ！」

啓介が転がり、壁にぶつかった。中尾と広畑が声を合わせて笑った。

「それが命を取ってくれっちゅー男かい。いいカッコすんじゃないの」

広畑が言ったが、おそらく啓介の耳には入っていない。ボールみたいにまるまって腿を押さえている。ブッスリ刺さったことは間違いない。

ソファの上の電話が鳴った。中尾が出た。車の亜果音かららしい。うんうんうなずいていた中尾が、美苗に目を向けながら言った。

「それが言うこと聞こうとしないんで、ほんとにやっちゃおうかって思ってんだよ。ああ～？　そうそう。もう連れて帰ってくることないよう。な～に、証拠なんて何も残らんて。素っ裸にして放り出せ。後続車にひかれてミンチになっちゃうだろ」

「やめてくださいーっ！」

美苗は絶叫した。気がつくと中尾の両腕にむしゃぶりついていた。蹴飛ばされた。春菜の上を転がってカーペットに落ちた。「ぐえっ！」と、背中で春菜が唸った。

「ごめん！　大丈夫？　どこ、ぶつかった？」

あわてて美苗は起き上がり、春菜のおなかに両手を当てた。春菜が目で、おなかは大丈夫、と言った。

「おらおら、そこじゃないでしょーが。何回言ってもだめだなあ。股、開くの。お、ま、た。電話、このまんまにしてっから。言うとおりしないと、ガキ、ポイ捨てだぞ」

「あ！　あ、はいっ！」

美苗は両手を下に這わせた。自分のと似ているようでどこか違う感触の秘毛に触った。柔らかくてぽよぽよしている。髪の毛も絹糸のようだが、いっそう洗練された手触りだ。縮れ方も弱い。自分も二十歳頃はこんな感じだったような気がする。

「聞こえっか？」

中尾が電話の相手にのんきに言った。ワッハッハアー、と顔をくしゃくしゃにして笑い、一転して鬼のような形相で、

「下に回って股、広げさせろー」

仕方がなかった。美苗は春菜の足元に回った。

「ごめんね、春菜」

足首に手をかけた。ちょっと開いた。三十度も開かないのに、桃色の秘唇がはっきりと見て取れた。秘毛は濃くはない。それも、恥骨のところにだけ生えているので、下の方は剝き出しといっても過言ではない。

（きれい……）

思わず美苗はそう思った。二十三歳の春菜は、新婚まだ三カ月にもなっていない。結婚前から性体験があり、仮に流産なり中絶なりしていたとしても、初々しすぎる粘膜に思えた。

目を、上に向けた。乳房が見事な隆起をなしている。吊り鐘形の乳房はあおむけになっても形をくずさず、ほぼ完全な半球形をなしている。乳首のポッチがいかにもかわいらしく、初々しい若妻を思わせる。中尾にいたぶられたその乳首はまだ充血を残しているが、もともとは乳暈と区別のつかないような可憐さなので

ある。

（もしかして春菜……）

妊娠していると言ったのは嘘だったのではないか、と美苗は思った。ハネムーンベビーというのであれば、乳首にしろ乳暈にしろ、すでにもっと黒ずんだ色をしているのではないだろうか。

「おらー、ぼーっとしてんじゃねえ」

中尾の声に、美苗は目を恥部に戻した。白ロウを塗り込んだような内腿に両手を当て、すりすり、上ずらせた。

春菜が緊張しているのが、いくぶん汗ばんだ感のある皮膚から伝わってきた。内気な春菜は、ほとんど失神せんばかりになっているのではないだろうか。

6

美苗は内腿の両手に力を入れた。春菜が股を開く。もう、あきらめの心境なのかもしれない。桃色の花弁がいくぶんほころんでいるように見える。小陰唇の左側のフリルが右のよりも分厚くて長い。小陰唇の露出部は紫色に色づいている。

妹の性器をこんなにはっきり見るなど、初めてのことだ。子供の頃、一緒に風呂に入ったり、海水浴でシャワーを浴びたとき以来ではないだろうか。そのときだって、正面から見ただけだ。

「股だけでなくて、オ××コも開くんだぞ」

中尾が言った。美苗は顔を上げ、春菜を見た。春菜が美苗のことを見ていた。いい？　するわよ？　悪く思わないで——美苗は目で言った。春菜が、哀しい目つきをした。

美苗は両手を上に這わせた。ぴく、と内腿が反応した。内腿の真ん中に達した。ぴくぴく、と内腿がこわばりを見せた。股は六十度ぐらいの開脚。腿の付け根の筋が浮いている。筋の突き当たりが、ちょうど小陰唇だ。

美苗はもっと手をすすめた。小陰唇が膨らむ。内側からの突き上げでそうなったようだ。

中尾の言いつけ通りにするためには、体を前にずらさなければならなかった。美苗は正座をして、かがんでいる。前にずれるために、ヒップを浮かした。

「きゃっ！」

と叫んで春菜のおなかにかぶさった。後ろにいた広畑が、狙いすましてお尻の穴を足の親指か何かで突いたのだ。

左の乳房が茂みに落ちた。急いで起き上がった。そのとき、乳首が秘毛を掃いた。ざわっ、と感じた。

（あ……）

「ご開帳はどうしたのお？」

広畑がヒップの谷間を足の指ですりすり、なぞった。

「は、はい……」

肛門と尻肉をきつく締め、正座の格好でかがむ。両手の指をデルタに乗せた。人差し指と親指が恥毛に触っている。指を下げると秘毛も一緒になって下がる。途中からポチョポチョポチョポチョと立った。

クリトリスの脇を下がるが、そのあたりはすでに毛は生えていない。指と一緒に下がった最後のヘアが起き上がった。親指にちょっとだけ、力を入れてみた。恥唇が、へこんだ。色づいた小陰唇のフリルが、むりっと露出した。

美苗は顔を上げ、中尾を見た。この程度でいいかと確認するためである。

中尾は春菜の頭の向こうに座っている。「ん？　どうしたい」という顔で、美苗を見た。

「これで……いいですか」

肛門に激痛が走った。

「ギャーッ！」

と叫んでのけ反った。広畑が針を突き刺したのだ。肛門の右側だった。粘膜、ぎりぎりのあたりだった。

「ちゃんと言われたようにしないと痛いことになるぞ」

広畑が背中に迫った。

「はっ、はいっ」

美苗は股の間にうずくまった。肛門を直撃されないよう、右かかとをしっかり当てがった。

「ワーッハッハ！　考えが甘いっちゅーの！」

広畑がヒップの下を針で掃いた。刺されないためには、浮かさねばならなかった。両足を開かされた。そこにヒップを落とされた。肛門と性器は、カーペットから十センチか二十センチか浮いていて、無防備である。

「ケツの穴、痛くなりたくなかったら、がばっとオ××コ、広げな」

広畑が、笑いを噛み殺したような口ぶりで言った。美苗は言われたようにした。

美苗は、大陰唇を押し込んだ。もう少しで指先に骨を感じる、というところである。小陰唇がむくれ出た。内部の桃色の部分まで、露出した。

「いや……」

春菜が恥部に両手を伸ばしてきた。美苗の指を押さえた。

「もうやめて……お姉ちゃん」

美苗は指の力を抜いた。ほんとに春菜が妊娠しているとしたら、と思った。これ以上ストレスとショックを与えると、本当に流産してしまうかもしれない。アヌスにズキッときた。首まで激痛が走った。

「うわあっ！」

美苗は飛び上がった。飛び上がっても、針は刺さっている。

「ごめんなさいっ！　わかりましたっ！」

美苗は広畑を振り向き、泣いて訴えた。

「何がどうわかったわけ？」

広畑が目をまっすぐ見て言った。顔は笑っている。が、目は座っている。クリップ針を、本気で刺してくる目の色だった。

「しますっ。しますからやめてくださいっ」

美苗は叫んだ。

「何をするんだい。確かめるからちゃんと言ってみな」

「いも、うとのオ××コ……開きます」

「ワーッハッハアー」

春菜の頭のところで、中尾が笑った。

「やっぱり妹さんとは性格が違うんかな。最初っからオ××コ、とこうくるものなあ」

美苗は中尾に気づかれないよう、歯を噛み締めた。春菜みたいに「性器」などと言ったら、またどんなことをされるかと、彼らが喜ぶ言葉を口にしたまでなのだ。

しかし、今はそんなこと、どうでもいい。一刻も早く嵐が去ってくれれば……。

美苗は指に力を入れた。赤い恥唇が口を開けた。春菜の手が、阻止しようとする。春菜には申し訳ないが、仕方がない。美苗は力を入れた。濡れた、みずみずしいピンクの粘膜が覗いた。春菜がひときわ強く防御した。

と、春菜の手がさっと去った。「おや?」と思って美苗は顔を上げた。

中尾の両手が春菜の耳からゆっくり離れている。直前は触っていたのに。また、両耳をたたこうというのか。春菜が肩をすくめ、両耳をふさいだ。中尾が満足そうに、春菜の手を上から撫でた。

7

恥唇を両親指で押し広げた。小陰唇がめくれ、つやつやぬめ光る内奥にポツンと尿道口を覗かせた。ぷ～んと、恥ずかしい匂いが鼻を突いた。

「クリちゃん、剝き出しにしな」

中尾が命じた。美苗は指を少し上にずらし、淫裂を割り開いた。赤っぽいセピア色の皮をかぶった突起が飛び出た。

「あっ……」

春菜がぴくっと恥骨を浮かした。

「にちょにちょやって、クリちゃんの皮、剝いてみな。わかってんだろうけど、手かげんするんじゃないぞ」

言われたとおりするよりないと、美苗は思った。お尻に針を刺されたくない。美苗の気持ちが伝わったのか、春菜が内腿を力ませた。あきらめと覚悟、それにクリトリスを剝き出しにされる体の準備だと、美苗には思えた。

〝にちょにちょ〟やった。上下と垂直方向に、指を動かした。クリトリスがごりごりする。男ってこんなふうに女の体を感じるものなのかと、一種感激に似た思いになった。

「あ……あっ……う……」

春菜が声を洩らした。手は、這い下りてこない。ちらっと見ると、耳から離れ、首のところにある。自分で自分の首を絞めるようなしぐさをしている。

左脇腹に熱い息づかいを感じた。広畑が虎視眈々と、刺すチャンスをうかがっているに違いなかった。美苗は親指の腹でクリトリスを挟み、しごき上げた。にゅるっ、という感触がした。真珠のような光沢のクリトリスがちょっとだけ、顔を覗かせた。

「あああっ！」

春菜がぐうんと、恥骨をせり上げた。勃起してもいないのにこんなことをされて、痛いのだろう。が、美苗だって、背に腹は代えられなかった。引いて、しごき上げた。クリトリスがまた、顔を覗かせた。

「あうっ！」

春菜が声をあげた。ひりひり痛いのだろうと、美苗は上目づかいに春菜を見た。春菜はあごをのけ反らせ、体をこわばらせている。手は喉から下がり、鎖骨のところにある。もう少しで、半球形の乳房にかかりそうだ。

少しぐらい痛くても、がまんしてもらうしかない。こっちはお尻の穴に針を刺されるのだ。美苗は力を入れてしごき上げた。ぴっ、と皮が突っ張った。

「痛あっ！」

春菜がわなわな、内腿を震わせた。

「もっ……もう、やめて……」

美苗も、そう思った。限界である。皮が裂けてしまう。

「あ、あの……これ以上は、できないんですけれど」

美苗は中尾に訴えた。

「何でだい。やりもしないでできないはないだろ。おれたちのこと甘く見ると、ほんと、怖い目にあうぞ」

広畑がすぐ横に来て言った。中尾はにたにたして見ているだけである。

「で……でも……これ以上したら、こわれちゃいます」

「こわれるってか！　こわれちゃあまずいよなあ。オ××コ、使いもんにならなくなるもんなあ。せっかくの美人妻なのによお」

広畑が美苗の顔を覗き込むようにして付け加えた。

「だけどそれって、濡れてないからじゃないのか？」

「……」

美苗はまじまじと広畑を見た。濡れてないからだとしたら、どうしろというのか。

「な。そうだろ。オ××コするときも、オ××コもチ××コも濡れてなかったら、いてーもんな。お互いに」

広畑がほっぺたに口を寄せて言った。生臭い口臭がした。〝男の口臭〟だと思った。夫の啓介も、夜になると似たような匂いをさせる。

「舐めな」

と広畑が言った。春菜が太腿をぴくっとさせた。それを両手に感じてから、美苗は言われた意味を理解した。

「聞こえたろうな。こんな近くで言ってんだからさ」

尾骨の下に、チクッときた。背骨を痛がゆさが走った。

「えっ？　あっ……」

目を、ぱちくりさせた。が、言われた意味もわかっていれば、素直に従わなければならないこともわかっていた。一秒でも遅らせるつもりでいるにすぎない。

美苗はぶるぶるっと首を振り、目を下に向けた。赤っぽいセピア色のクリトリスが、いくぶん小さくなって見えた。姉に性器を舐められるというので、春菜は身も心も萎縮しているようだ。

妹のクリトリスを舐めろと言う。舐めて、皮が剝きやすいようにしろと言う。考えている時間など、なかった。美苗は顔を下げた。口を近づけた。

甘酸っぱい匂いがした。ほんとに妊娠しているのだろうか。この甘ったるさは妊婦の匂いなのだろうか。舌を伸ばした。あと、顔を三センチ下げれば接触する。しかし、最後の決断がつかない。春菜はじっと、自分を殺しているようだ。なら、自分だってそのつもりで……。

「こうすんだろー？　クンニのひとつもしたことないのかよお」

広畑が頭を押した。唇がぶちゅりと、粘膜にこすりつけられた。

「いやあ！」

春菜が悲鳴をあげ、頭を押してきた。が、触った瞬間、離れた。

「いやっいやっ！　お願いですう！」

春菜がわめいた。中尾に手をつかまれるとかしているのだろうか。

美苗は鼻も口も押しつけられている。息をするのが苦しい。苦しさに顔を上げようとした。が、無理だった。頭はびくともしない。それどころか、美苗が頭を上げようとしたことで、かえって広畑は強く押さえつけた。鼻が陰阜に埋もれる。穴がふさがった。鼻が無理ならと、口を開けた。下唇が小陰唇のフリルを掃いた。

「いやあん」

春菜が切なそうな声を洩らした。美苗は少し息を吸って、吐いた。

「いや……あん」

春菜がまた、声を洩らした。

「いいか？　自分でやんな。おれたちが満足するようにな。わかってるよな」

広畑が頭の手を離した。すかさずその手がヒップに滑り、谷間を分け、アヌスを開いた。粘膜が口を開けたのを、美苗は実感として知った。すーすー、空気の流れを感じた。

粘膜の右後ろに、とがったものが当たった。ヒャーッ！　と鳥肌立った。美苗は舌を長く伸ばし、クリトリスを舐め上げた。

「いやあーっ！」

春菜がひこひこと、恥骨をわななかせた。

8

春菜のその様子に美苗は高ぶった。始めた口淫にみずからエキサイトしてしまった、ということもある。が、春菜のわななきが劣情を増幅したのは、否定できない。

両手を恥丘に当てがい、犬か猫がそうするようにクリトリスを舐め上げていた。

「いやっ……いやいやっ」

春菜が声を大きくした。やめて、お姉ちゃんもう終わりにしてと、両腿で美苗の顔をたたいている。が、内腿の動きは歓びの反応と表裏一体にも思える。何かしらそんな感じが、美苗にはした。その思いがさらに美苗に火をつけた。クリトリスに唇をかぶせた。

「ううっ！」

春菜が呻いた。と同時に、クリトリスがうねり上がった。太くなり、硬度が増した。すすった。唇を密着させ、負の圧力をかけた。

「うっ、むうーん！」

春菜が恥骨を揺すった。くいっくいっくいっと、せり上げた。美苗は顔を左右に振り、春菜の淫核をしっかり唇に収めた。ちゅーちゅー吸い、いっそう圧力を下げた。

と、どうだ。硬くなった女の核が、ぐ、ぐ、ぐと、伸び上がるように動いた。包皮がゆるむのが感じられた。ゆるんだのではない。めくれたのだ。そして肉の芽がむりりりっと、露出した。

それを唇で吸い取り、くっくっくっと、リズムをつけて吸った。

「あうあう！　あううあう！」

春菜が乱暴に体を動かした。〝いやいや〟をするような胴体の動きだ。

美苗は顔を浮かし、見た。春菜は中尾に自分で乳房を揉むよう、両手を動かされている。しかし、それはいやだと、拒んでいる。

中尾が春菜自身に大揉みさせた、両側からすくい上げるようにして。それを何回かしてから、中尾は乳首をつまませ、くりくりさせた。そのリズムに合わせ、美苗は女の核を吸った。

「あっあ！　はああ〜！」

春菜が変調をきたしはじめた。感じてしまったのは、明らかだった。

美苗は手を陰阜から内腿に滑らせた。内側から手を回し、膝を立てさせた。自分の中の何がそうさせたのか、わからない。ただ、かつて知らない官能に、炎と燃えてしまっている自分を感じては、いた。

舌をとがらせた。恥唇を探った。ぬめぬめしている。

「あおおー！」

春菜が恥骨を浮かした。ヒップが浮いた。美苗はその下に両腕を差し込んだ。花芯が上を向く。舌を埋没させてみた。ぬちゃりとした感触があった。

「あうう――！」

ひこっ、ひこっ、ひこっと、春菜が恥丘を波打たせた。ヒップを下げたがっているような動きだ。きっと快感がきつすぎるのだろう。が、できぬ相談だ。美苗の両腕が邪魔をしている。

舌先を膣口に当てがった。しょっぱい味がする。舌と首に力をためた。ずぶっと挿入した。

「ひぃ～～っ！」

春菜が悲鳴をあげた。耳がとろけそうないい声だった。ずぶずぶずぶと抜き挿しした。頭が狂ったような気分なのだろう。が、それが、とてつもなく心地よいようだ。

「ひぃぃ～っ、いやあ～～っ！」

春菜の体がぶるぶるした。舌ピストンをしながら、美苗は見た。おお、何と、今や春菜は自分で豊乳を揉みしだき、赤ピンクに充血した乳首をいらい、転がしている！

(春菜も気持ちいいこと、してる……)

猛烈に感じた。自分は一方的にペッティングしているだけなのに、まるで逆に一方的に愛撫されているような喜悦を感じているのである。

「どうだ。いいだろ。うん？」

中尾が春菜に言った。

「お姉ちゃんにもっと、どうしてもらいたい？　言ってみな」

中尾が猫なで声で言った。

「舐め……て……あああ！　もっと舐めて！」

春菜が口走った。

「どこを？　お姉ちゃんにどこ、もっと舐めてもらいたいんだ？」

「ここよー。ここ、ここ……」

するすると、右手が這い下りてきた。人差し指と中指と薬指の三本が、茂みをそよがせた。中指一本だけが、恥裂に滑り込んだ。勃起した女の核をとらえた。

「そこかい。クリちゃん、舐めてもらいたいのかい」

「あ~ん、ここ……ここっー」

言う途中から、指が小刻みに震えだした。

「はあっはっ！　ああっくっ、くくう……」

始まったら止まらない。指は女の突起をすりつぶすようにして烈しく震え続ける。

「舐めてくれったって、あんたがオナってたら、お姉ちゃん、舐められないじゃないか」

「あ~ん、いいのー。ここぉー」

春菜は指を使うばかりではなく、腰まで動かし始めた。

美苗は膣口から粘膜の底を舐め上がり、バイブレーションしている指に下をからめた。ぬちゃぬちゃぴとぴと、淫音がたった。快感に、頭まで痺れた。指と一緒になってクリトリスを舐めた。

「吸って吸って吸って吸って！」

春菜が叫んだ。吸おうとした。が、なかなかできない。吸ってくれと言っている春菜の指が邪魔をしている。顔を右横に倒し、唇を押しつけた。完全ではないが、何とかできた。春菜の指がいくらか遠慮をして、唇の端からくじり入り、オナニーをしている。

「はあぁ〜っ！　いいっいいっ！　お姉ちゃん、もっと吸ってえっ！」

春菜が恥骨をごきごき言わせて揺すりたてた。美苗は顔を横に振った。こぼれた唾液がじゅるじゅると音を立てる。肛門あたりで、似たような別の音もする。

「だめだめっ！　あ〜っ、だめだめっ！」

春菜の体が大きく弾みだした。美苗は腿と腰にしがみついた。跳ね飛ばされそうだ。

春菜の動きが小さくなった。広畑が両脚を押さえたのだ。美苗は顔を横に使った。立ち切ってはじけそうな肉の芽を、さらにぷるぷる刺激してやった。

「はあぁ〜、だめえ〜、あっあ！」

春菜の体が、がくがくした。そしてすぐ、小さい動きに変わった。中尾が上体を押さえつけたのである。

美苗は顔を横に使った。手でもした。三本の指で、恥唇の内側を、ねちょねちょこすった。

「しっしっし……し、ぬ……」

春菜が、全身を小刻みにバイブレーションさせた。広畑と中尾が押さえていなければ、バネ人形のように弾んだはずだ。

「しっし……死ぬ、ううーっ」

春菜がアクメを訴えた。オナニーをしている手がごりごり、クリトリスをこすっている。本当に、ごりごり、音が聞こえた。

「死ぬ、死ぬ……死ぬうーっ！」

春菜が体を突っ張らせた。

（はああー、あたし、も……）

指一本の愛撫もしてもらっていないのに、美苗もエクスタシーの頂点に達していた。

「死ぬ」という春菜の言葉に、自分もいつかそう叫んで絶頂を極めていたのを思い出していた。あれはいつだったか、そう、この男たちにいたぶられ、死を覚悟したときではなかったか。

ふたりがかりで押さえつけられている春菜が、それでもアクメの痙攣を見せた。

痙攣は、横くわえにしている硬いしこりにも生じていた。男の射精時のように、ぴくぴくしている。

（あっあ！　あたしも、イク……死ぬ……）

性器がきゅーっと締まった。膣が収縮し、子宮に灼熱の白球を感じた。

乳首にも焼けつく快感を感じていた。左の乳首だった。乳首がドングリの実みたいにしこっている。さっき春菜の秘毛にこすれたときのざわっとした感覚が、いつのまにかここまで成長し、みずからを高ぶらせていたのだった——。

第七章　初めての快感

1

「おーう！」

男の声だった。中尾か広畑だろう。夫の声ではない。足音がした。ふと、美苗はわれに返った。絶頂に達し、ちょっと意識をなくしていたようだ。

顔を上げた。春菜のおなかにうつぶせになっていた。春菜はまだ余韻が覚めないのか、美苗が腿に手をついて起き上がってもあおむけになったままである。顔を見た。半眼になっている。乳房が大きく上下している。

すぐ左に中尾が、向こう端に啓介がいる。右にいたはずの広畑の姿が見えない。

聞こえた足音は彼のだったのだろう。ドヤドヤと足音がした。声もした。明るい亜果音の声も聞こえる。〝ドライブ〟から帰ってきたのだろう。

美苗はあわてた。全裸である。春菜もである。啓介は下半身、裸になっている。と、その啓介を見て、あ、と美苗は息を呑んだ。さっきは萎えていたペニスが、あぐらの股間から雄々しく突き立っている。

(どうして……)

その思いで、行動が遅れた。服を手に取ろうとしたときには、みんなが部屋に入ってきた。

「ただいまー。おっとっとー。どちらさんもいいカッコしてますねーっ」

夏枝を抱っこした亜果音が大声で言った。夏枝は眠っているようだ。が、目を覚まさせるような声だ。

ヒィッ！　と笛に似た悲鳴をあげ、春菜が跳ね起きた。美苗は美苗で、スカートとTシャツをわしづかみにした。

「いいじゃん。このまま寝てな。何も遠慮することないから」

中尾が春菜の肩に手をかけ、引き倒した。松川が春菜の足元に回り、口を左に歪めて恥部を覗いた。

「ヒョーッ！　きれいなオ××コしてんのねえ。お毛々がソソとしててとってもお上品」

両足首を持って股を広げ、顔を突っ込んだ。

「いー匂いしてやんなーっ。たまんねえよ。ビンビンだぜ。こっちのこと考えて、ろくに運転できなかったもんなー」

「あ、いや……やめてください」

春菜が、ささやくような声で言った。

「かーわいい声してることとっ。新婚さんはいいねえ。あーっ？　毎晩ここ、ダンナにこうやってしてもらってんのかい？」

べちょべちょ音を立て、松川が舐めた。本当にこっちのことが気がかりで、いても立ってもいられなかったようである。

「あっあ！　いや！　いやです」

春菜は何とかあらがおうとするが、肩はカーペットにフォールされている、両脚はつかまれているでは、いかんともできない。松川が頭を大振りに振って恥唇を舐めた。と、顔を上げてみんなを見た。

「おれのカンではね、このヒト、イッたね？　だけど、オ××コじゃないな。クンニでイッたんじゃないかい」

美苗は顔を伏せた。ドキドキ、胸が高鳴った。いたたまれない。どこかに逃げ出したい。穴があったら入りたい。

「さすがスケベのマツだな。大正解だよ」

美苗の隣にきてスカートとTシャツを奪い取りながら、広畑が言った。

松川は相好をくずし、

「クンニでイカせたの誰? おれ、誰と間接キスしてるんかなー」

「このお方以外だったら、はっきり言って気色わりーだろ」

広畑が美苗を後ろから抱き締め、乳房をもてあそびながら言った。左右とも手のひらに乳房を乗せ、牛の乳しぼりみたいな手つきでもあそんでいる。乳房がぐうんと前に突き出た形なので、自然とそうなってしまうようだ。夫の啓介も、よくこんなことをする。

松川が美苗と広畑を交互に見、中尾を見、顔をくしゃくしゃにした。その顔を、夏枝を抱いて立っている亜果音に向けた。

「お姉様と妹でレズしたみたいだぜ。人妻姉妹レズ。くぇーっ! たまんねーなあ」

その言葉が終わらないうちに、亜果音が部屋を出ていった。中尾たち三人が顔を見合わせ、何やら意味深な笑いを見せた。

美苗は広畑に抱き締められたまま、ドアの方に首を回した。夏枝のことが気になった。亜果音にまかせておけば大丈夫だろうか。二階に寝かせにいったのだろう。

松川が、春菜の恥裂に指をあそばせながら言った。

「奥様、お姉様のクンニ、いかったかい？　女の舌よか、男のぶっといモンの方がよくはないかい？」

「だめなんだ、それが。何でも腹ん中にハネムーンベビー、いるそうなんだ。オ××コしたら舌、噛み切って死ぬっちゅーんだもん。まるで時代劇よ」

中尾が言った。だけどこれはイイみたいだぜと、両手で豊乳を揉みしだく。どうやら二人は、本当に春菜が妊娠していると思っているらしい。

「何でさー。妊娠中は絶好のチャンスじゃん。味もいいし。バッカでえ」

松川は膝立ちになると、ジーンズを脱ぎ出した。

「あっ、いや！　いやです！」

春菜がぶるぶる顔を振って、犯さないでと訴える。

「いやも何もないだろ。タネ、仕込まれてんなら、なーんも心配ないだろっちゅーの」

松川が下半身裸になった。ついでにとばかりTシャツをかなぐり捨てた。素っ裸である。

赤っぽい肉砲が隆々とそそり立っている。美苗はごくごく喉が鳴るのを禁じえない。あのマンションで、中尾と広畑にさんざんいたぶられたあと、松川にも蹂躙された。いや、蹂躙というのではなかった。美苗自身、激しく求めたのだ。夫にはないパワーを、この三人は持っている。あふれんばかりにみなぎらせている。

「お願いです。ほんとに、やめてください」

中尾にフォールされている春菜が声を震わせた。

階段を下りる音がした。亜果音がひとりで下りてきたのだろう。

2

部屋に入ってきた亜果音が目で美苗を呼んだ。美苗は立ち上がり、男たちのことをうかがった。中尾と広畑がこっちを見ている。ふたりともにやついた表情を見せている。美苗にどうこう言おうとする素振りはうかがえない。

亜果音が指でキッチンを示した。美苗は何？　という目つきで亜果音を見た。亜果音がキッチンに向かって歩き出した。美苗がついていく。美苗が入ると、亜果音はガラス戸を閉めた。

「むかついたわ。あたし」

全裸の美苗をにらみつけ、亜果音が口をとがらせた。

「え？　どういうこと？」

むかつくのは自分たちのほうではないか、と内心思いながら美苗は訊いた。

「目、つぶって。そのまんま」

亜果音が言った。命令口調だ。

え？　どうして？　という顔で、美苗は亜果音を見た。

「目ェ、つぶってって言ってんじゃん」

亜果音が声をとがらせた。何かされると思った。乳房も性器も剝き出しである。痛いことされなければいいけど……。ビクビクしながら美苗は目を閉じた。

肩に手をかけられた。乳首を痛いことされるんじゃ……。美苗は体を固くした。乳房に意識を集めた。何かぬくもったものを顔の前に感じた。目を開けた。亜果音の目がくっつきそうな近さにある。「エッ！」と思ったとき、唇が重ねられていた。

心臓が破裂するかと思った。「どうして？　なんで？」心のあちこちで花火が弾けている。首を引こうかと思った。が、なぜかできない。直立不動のまま、キスを受けている。

じわあーっと、口のまわりが熱くなった。それから、亜果音の唇の柔らかさかを実感した。くい、くい、くいと、亜果音が唇に力を入れた。いや、ふんわ、ふんわ、ふんわ、という感じである。完全に無視しているつもりでいた。が、どういうものか、亜果音の動きに合わせ、唇を動かしている。

亜果音の右手が肩から下がった。鎖骨から滑り下り、左の乳房にかぶさった。乳房の奥の心臓が、張り裂けんばかりに打ち狂っている。さっき、自分の舌戯を受けるとき、春菜もこうだったのだろうか。

その春菜の呻き声がリビングから聞こえてきた。松川が何かしたのだろうか。が、不思議と冷静な気分になっている。そっちよりこっちのほうが……という思いがある。何がどうなっても……とも思っている。中尾たちが書いた筋書きどおり、自分が子持ち人妻の色っぽさで中尾たちを誘惑し、すすんでビデオを撮られたことにしてもいいんじゃないか。それでまずいことがあるのだろうか。

亜果音の指が、艶めかしく動いた。春菜をイカせながら自分も絶頂になった快感ポイントだった乳首を、手のひらがすりすりした。キスを受けたまま、美苗は顔を横に振った。それ以上しないで。それ以上したら、あたし、苦しい……。そう、体で訴えた。

亜果音が口を離した。が、指は動いている。やんわりやんわり乳房を揉んでいる。愛撫している。やさしく快感を与えてくる。

「……どうして……」

美苗は言った。何か、夢見ているような言い方になった。胸から上に、力が入らない。じんじん、痺れている。

「何が？」

眉と口の端をきゅっと上げ、亜果音が言った。大きな目の美人顔が、際立った。

「どうして……こんなこと……」

「だってあたし奥様のこと、好きだからァ。こんなかわいい奥様って、ほかに知んないものー。五つも年上だけど、ほんとかわいいんだもーん」

亜果音がぎゅーぎゅー抱き締めてきた。

（あっ、あ……これって……どうして……）

美苗は自分に問うた。感じてしまったのだ。性の炎がめらめらと燃え上がった。信じられない自分だった。つい十日前は想像もしなかった自分というものを、はっきりと意識した。ごくごく普通の主婦であった自分の殻が、陽炎《かげろう》のように揺らいで消え去っていくのが、目に見えるようだ……。

3

「あ、いやっ、いやですー」

かぼそく叫んで春菜がさめざめと泣いた。美苗はリビングを見た。春菜がソファに両手をつき、顔を伏せている。中尾か松川がそうしたのだろうが、そばにどっちもいないのに、もはや逃げることはしない。それがいかに無駄なことか、知っているのである。

啓介が松川に腕を取られ、春菜の後ろに膝立ちにさせられた。バックからセックスして、不倫の〝仕返し〟を成就させようというわけだ。

「あ、あの……春菜は……」

美苗は亜果音に言った。セックスだけはかんべんしてくれないものかと思ったのである。妊娠が嘘だとしても彼らの頭の中にあるものはひどすぎる。本当ならいちばん流産しやすい時期である。口でだって何だって、性的なことはできる。もし、どうしてもというのなら、お尻でもいいではないか。すでに春菜は美苗のクンニリングスで絶頂した女である。危険なことでないかぎり、受け入れるはずだ。

「だーいじょーぶよ」

亜果音がダイニングチェアを引き、美苗をそばに立たせた。

「妊娠のことでしょ？　してないの。嘘だもん」

クスッと笑って肩をすくめる。

「え？　なんであなたが――」

美苗は訊いた。亜果音が小声で語った。

――春菜を自宅から連れ出し、亜果音のマンションに行った。美苗のビデオを見せながら、ウーロン茶をたらふく飲ませた。性的なことはしなかったが、無理強いして二リットルも飲ませた。

一時間もすると、春菜はトイレに行きたいと言い出した。オシッコをカップに取らせてくれればいいと、亜果音たちは言った。むろん春菜は拒否した。が、そんなに続かなかった。亜果音たちはさらにウーロン茶を飲ませたし、中尾たちが代わる代わる下腹を押していじめたからである。ふたりがかりで膀胱を押したりたたいたりした。結局春菜は降参してしまった。

紙コップを持って、亜果音がトイレに連れていった。ユニットバスのトイレである。便器ではなく、タイルにしゃがませて放尿させた。カップに三分の一ばかり、取った。〝作業〟をするために、亜果音が先に出た。春菜がうなだれて出てきたときには、仕事は終わっていた。

テスト紙で調べてみたら妊娠していることがわかったと、亜果音は春菜に嘘の報告をした。もう妊娠しているのだから、避妊のことは心配ない。啓介とセックスするよう、命じた――。

「だけど、どうして……」

美苗は訊いた。春菜のことはわかった。そんなことより、どうして自分たちがこんな目にあわなくちゃならないのかと、そっちのことを訊いたのだ。

「奥さんがかわいいからよ。あたし、かわいい奥さんて、好きなの。でも、あたしってちょっと変わったコなの。かわいくて好きな人が泣いたりするの見るの、好きなの。感じちゃうの。ただそれだけの話。あの人たちもおんなじなのよ？

ひどいことしたりしてるけど、みんな心はやさしい人たちばっかり。ちょっと変わった趣味もってるだけなの」

美苗は八日前、レイプされたときのことを思い出した。中尾と広畑が帰ってから、あわてて夏枝を捜した。リビングのソファにいるはずが、いなかったからだ。夏枝は二階のベビーベッドで眠っていた。美苗が浴室に入ってから、ふたりのうちのどちらかが夏枝をベビーベッドに連れていって寝かせたとしか、説明のしようはなかった。

ただ、そのことでふたりがやさしい心の持ち主だとは、美苗はまったく考えなかった。人妻をレイプするのに邪魔だからそうしたにすぎないと思っていた。

（そうしたら高速道路のこととかも……）

美苗が頭をめぐらそうとしたとき、亜果音がするっとしゃがんだ。美苗の秘丘に頬ずりしてきた。

「あ、亜果音さん、そんなっ……」

思わず美苗は亜果音の頭を抱えていた。そしてふと、思った。みんなのことを操っているのは、この子なのじゃないか？　そもそもこの子が自分のことを見そめ、中尾たちに襲わせたのではないか？　最初はきっとそれだけの目的だったのだ。それが、啓介が中尾たちにおどされ、春菜のことを話したのだろう。啓介がもし〝普通〟の男だったら、その後のことはなかったかもしれない。しかし、もう……。

口が、正面で止まった。クリトリスのまん前である。

（あ、来る……）

ゾクゾクッと、背中一帯が鳥肌立った。

（どうしてこんな……。ああ、あたしってやっぱり、レズ？　それともバイセクシャルってやつ？　あたしって、もしかして、変態？）

舌が、伸びた。まだ接触はしていないが、唇から伸び出たのは、わかった。

さっき、春菜もわかったのかしら。姉にクンニされてイッて、春菜も変態……。夫も変態……。

そのままの状態で、亜果音が言った。唇が秘毛をそよがせ、すごくくすぐったい。

「妊娠のことは、あいつらに言ったらだめよ？　いい？」

「どうして……？」

早く、して。口で！　そう思う一方で、訊いた。

「奥さんにクンニされてイッちゃったから。許せないの」

甘い舌先が、敏感な女の核に触った。

「あっ！」

ぴくっと美苗は体を弾ませた。ぺろりと来た。ザワーッと総毛立った。腿がぷるぷるした。亜果音が骨盤を押した。キッチンチェアに美苗は尻餅をついた。股が大きく開かされた。秘唇が、指で割られた。

「あっあ……亜果音さん……」

美苗は亜果音の頭をまさぐった。何か、ずうっと前から、このときを待っていたのではないか、という思いがする。玄関で背中を撫でられたときから。それともこれは、錯覚か？

「いや～ん、いやっ……ああん」

隣の部屋から、春菜のくぐもった声が聞こえてきた。啓介が、ついにしてしまったのだ。春菜の声がくぐもっているのは、ソファに突っ伏しているからだろう。さっきの体位で、啓介は後ろから……。

妊娠のことは、少なくても自分からは絶対に言わないようにしようと、美苗は思った。義弟の秀彦と自分とは何の関係もないのに、春菜が先に夫と関係を持ってしまった。

「あんっ、あんっ、うんっ、あん……」

春菜の声がリズムをもった。啓介が動き始めたのだろう。啓介はこっちのこと、どう思っているのだろう。頭がこわれてしまって何も考えていないか。

亜果音が口深く、女の核を吸い取った。

「あああっ！」

脳天まで痺れた。椅子からずり落ちそうになった。キッチンテーブルにしがみついた。片手を下に伸ばし、亜果音の胸をまさぐった。タンクトップの上から、ぷりぷり弾力に富んだ乳房を、しっかり手中に収めた。とてつもなく柔らかいおっぱいだ。が、同時に、指を埋めた分だけ、確実に押し返そうという、若々しい弾力に満ちている。

玄関のドアの音がした。誰かが出ていったのか。どうでもいい、そう思った。夏枝に危害さえ加えられなかったら、どうなってもいい。

亜果音が口を離し、顔を上げた。

「ここじゃ落ち着かないわ。上、行きましょ。あたしに奥さんのこと、ゆっくり愛させて。で、あたしのことも愛して」

亜果音が二階を示した。手を引っ張られ、美苗は椅子をから立ち上がった。肩を抱かれ、リビング側じゃない方のドアから廊下に出た。

リビングのドアは開いていた。ソファで夫と妹がつながっているのが見えた。春菜はもはや突っ伏していない。あごを突き出して快楽に酔っている。啓介は啓介で腰の律動を速くしている。目が合った。春菜さん、すごくいいよ。やっぱりおまえの妹だ。たまらないオ××コしてる。妊娠してるんだって。だから心配ないんだ——啓介が目でそう言っている。

中尾と広畑がにたにたして啓介たちを見守っている。ふたりとも服は着たままだ。松川がいない。松川がどうして外に出たのか、美苗はわかった。

玄関のドアがまた開いた。ジーンズをはき直した松川がビデオカメラを持って入ってきた。それを当然のことに美苗は思った。啓介や春菜はどうだろうか。いずれ同じ穴のムジナか。

美苗がカメラを美苗たちに向け、写すまねをした。亜果音が〝ピース！〟をして、美苗のほっぺたに口づけをした。

「おれのフランクフルト、あの人に食べさせせんの」

ニコニコして松川が亜果音に言い、そそくさとリビングに入っていった。

「いいもん。あたしは奥さんと舐め合うんだもんねー。共舐めー」

亜果音が言って、べーをした。変わってはいるが、やはりふたりは恋人同士らしい。

美苗は亜果音に背中を抱かれ、階段を上がり始めた。

半分上がり、踊り場で向きを変えたとき、表で車が止まる音がした。隣の家との境あたりである。ドアが閉まり、車が発進した。タクシーのようだ。それから男のらしい足音が家に近づいてくるような……。

(もしかして!)

ドキッとして美苗は立ちすくんだ。啓介に挿し貫かれている春菜を思った——。

◎本作品は『人妻蜜奴隷』（一九九四年・マドンナ社刊）を全面修正及び改題したものです。

二見文庫

人妻《ひとづま》の蜜下着《みつしたぎ》

著者　北山悦史《きたやまえつし》

発行所　株式会社 二見書房
東京都千代田区三崎町2-18-11
電話 03(3515)2311 [営業]
03(3515)2313 [編集]
振替 00170-4-2639

印刷　株式会社 堀内印刷所
製本　株式会社 村上製本所

落丁・乱丁本はお取り替えいたします。
定価は、カバーに表示してあります。

ISBN978-4-576-15009-3
http://www.futami.co.jp/

蒼井凜花のCA官能シリーズ!!

夜間飛行

入社二年目のCA・美緒は、勤務前のミーティング・ルームで、機長と先輩・里沙子の情事を目撃してしまう。信じられない思いの美緒に、里沙子から告げられた事実——それは、社内に特殊な組織があり、VIPを相手にするCAを養育しては提供し、その「代金」を裏から資金にしているというものだった……。元CA、衝撃の官能書き下ろしデビュー作!

愛欲の翼

スカイアジア航空の客室乗務員・悠里は、フライト中に後輩の真奈から突然の依頼を受ける。なんと「ご主人様」に入れられたバイブを抜いて欲しいというものだった。その場はなんとか処理したものの、後日、その「ご主人様」と対面することになり……。「第二回団鬼六賞」最終候補作を大幅改訂、さらに強烈さを増した元客室乗務員《キャビン・アテンダント》による衝撃の官能作品。(解説・藍川京)

欲情エアライン

過去に空き巣・下着泥棒被害の経験のあるCA・亜希子は、セキュリティが万全だと思われる会社のCA用女子寮に移り住んでいた。ある日、お局様と呼ばれる先輩CAが侵入者に襲われる事件が起き、寮全体が騒然とする。その後事件は意外な展開を見せ……。「第二回団鬼六賞」ファイナリストの元CAによる衝撃の書き下ろし官能シリーズ第三弾!!